#기묘한 살인사건

엄성용 ― 송한별 ― 홍정기

닭닭북스

차
례

#엄성웅

1부

#버킷리스트 #미라 #소유

#남자 친구의 SNS

버킷리스트

면접 시간까지는 아직 여유가 있었다.

혹시 몰라 출발 시간을 앞당기긴 했는데 너무 일찍 도착했다. 면접을 보기로 한 빌딩 위치를 확인한 뒤, 성식은 빌딩 뒤편으로 천천히 걸으며 흡연을 할 만한 장소를 찾았다. 긴장되니 담배가 몹시도 당겼다. 담배 냄새가 영향을 끼칠까 초조한 마음에, 성식은 반도 채 안 피우고 그대로 담배를 비벼 껐다. 향수를 뿌린 뒤 옷매무새를 다시 한 번 살폈다. 스마트폰을 꺼내 시간을 보니 아직도 30여 분이 남았지만, 성식은 그냥 일찍 들어가기로 했다. 일찍 왔다고 이상하게 보지는 않을 거다. 면접 장소는 빌딩 맨 위층에 있는 사무실. 성식이 깊게 숨을 들이쉬었다가 다시 뱉었다. 취업도 아니고 이직도 아니다. 성식은 그저 평범한 대학생일 뿐이며 지금 면접은 단지, 아르바이트에 불과하다.

빌딩에 들어서자 1층 로비에 있던 경비원이 무표정한 얼굴로 성식을 멀뚱히 쳐다보았다. 나이가 꽤 들어 보였다. 방문 목적을 물어보려나 생각한 성식이 잠깐 머뭇거리자, 경비원이 아무 말 없이 그냥 시선을 아래로 내렸다. 뭔가 불편한 분위기라 성식도 조용히 그런 경비원을 스쳐지나가려 했다.

"······어데요?"

고개도 들지 않고 갑자기 질문해서 성식이 순간 놀라 걸음을 멈췄다.

"아, 저······ 12층요."

"여 방문 목록에 서명요."

성식이 서명을 끝내자 경비원이 그대로 손을 들어 어딘가를 가리켰다. 로비 정면에서 좌측으로 꺾어 들어가라는 거 같았다. 성식이 고개를 꾸벅했지만, 경비원은 아무 반응도 없었다. 어색해진 성식이 걸음을 빨리했다. 좌측으로 들어서자 엘리베이터가 보였다. 버튼을 누르고 내려오길 기다리는 동안, 성식은 스마트폰에 북마크해 둔 이번 아르바이트 공고를 재확인했다: 구인 사이트에 올라온 공고가 아니라, 독특하게도 대학교 커뮤니티에 게시글 형태로 올라왔었다.

운전이 가능하신 재학 중인 남학생분을 구합니다. 2박 3일 일정이며 가족 동반 여행의 운전을 맡아 주시면 됩니다. 지원 자격은 키 180 이상, 몸무게 75에서 80 사이 건강한 분. 기타 상세 조건은 면접 시 확인. 급여 300만 원 지급. 밑의 메일 주소 참고하여 문의하시면 면접 장소와 시간 전해 드립니다.

300만 원. 2박 3일간 운전만 해 주면 받는 보수로는 엄청난 금액. 당연히 이 공고는 뜨거워졌고 수많은 댓글이 달렸다. 대부분은 장난 글이라며 무시하는 내용이었지만, 성식처럼 믿져야 본전이라는 생각으로 메일을 보낸 이들도 많을 터였다. 그리고 답신을 받았다. 진짜 면접을 보러 오라는 거였다. 면접 장소와 시간까지 확인하니 진짜일지 모른다는 확신이 들었다. 엘리베이터 문이 열리고, 안으로 들어선 성식이 12층 버튼을 눌렀다. 올라가는 동안 성식은 심호흡을 거듭했다. 도착하고 문이 열리자, 인상을 쓰고 있는 남자가 보여 흠칫했다. 내리는 성식 곁으로 남자가 안으로 들어서는데 혼자 짜증을 내며 뭐라고 중얼거리는 게 들렸다.

"아니 씨 운전만 잘하면 되지 키가 뭔 상관이야. 177이나 180이나 큰 차이도 없는데 더럽게 까다롭네."

면접에서 탈락한 이로 보였다. 시차를 두고 내리 면접을 보는 거다. 그만큼 지원자가 꽤 있다는 얘기도 된다. 혹시 합격자가 나왔을까 싶어 걱정된 성식이 얼른 면접 장소인 사무실의 문을 열었다.

"안녕하세요. 아르바이트 면접 보러 왔습니다."

검은색 안경을 쓴 젊은 남자가 소파에 앉아 가만히 성식을 올려다봤다. 남자가 손을 들어 성식을 맞이했다.

"반가워요. 키는 딱 봐도 180이 넘겠네요. 앉으세요. 신체 조건도 자격에 맞아 보이고. 몸무게가 몇이죠?"

"아, 78 나갑니다."

맞은편에 앉은 성식이 답하며 고개를 꾸벅했다. 남자가 성식의 얼굴을 가만히 쳐다보았다. 시선을 어디 둬야 할지 몰라 당황하는 걸 보며 남자가 피식 웃었다.

"……대부분 반신반의하거나 장난으로 생각하더라고요. 자격 요건부터 무시하고. 왜 그리 시간을 버리는지."

"아, 네."

"좀 창피하지만 제가 운전을 못 합니다."

멋쩍은 표정으로 웃으며 남자가 안경테를 매만졌다. 성식은 눈치껏 가만히 경청했다.

"저희 아버님이 오랫동안 해외에 계시다가 이번에 귀국했어요. 어머니가 좀 아프셔서요. 가정사라 자세히는 말

쓸 드리기 뭐하지만."

"아. 괜찮습니다."

"……어머니가 꼭 이루고 싶은 버킷리스트가 있는데 이번에 이뤄 드리려 하거든요. 그래서 가족 여행을 떠날 건데 아버님도 해외 생활을 오래 하셨고 저도 운전을 못 하니……. 그래서 급하게 모집하게 됐네요."

약간 우울한 표정으로 말하는 남자의 눈빛이 흔들리는 게 보였다. 어머니가 매우 편찮으신 걸까. 아들로서 제대로 된 효도를 하고 싶지만, 여건이 안 되니 무리해서 보수를 올린 거라면 이해가 되기도 했다. 하지만 굳이 왜 대학교 커뮤니티에? 성식의 생각을 아는지 남자가 희미한 미소를 지으며 다시 입을 열었다.

"대학 커뮤니티에 올린 이유는 별거 없어요. 이상한 사람들 꼬일까 봐요. 명문 대학 재학생분들이면 믿을 만하고."

"그렇군요. 그런데 굳이 우리 대학교를 선택하신 게……."

"여동생이 한때 다녔던 곳이라 그냥 떠오르더라고요. 다들 장난 글로 알고 넘어가기에 좀 놀랐습니다?"

남자가 손을 내밀었다. 엉겁결에 성식이 남자의 손을 잡았다.

"합격입니다. 잘 부탁 드립니다. 이번 주 금요일 오후

한 시까지 빌딩 앞으로 와 주세요."

"아! 감사합니다!"

"저야말로 감사하죠. 시간이 별로 없거든요."

남자가 성식을 보며 미소를 지었다.

\#

여행의 목적지는 동해 바닷가였다. 어머니의 버킷리스트가 바다로 놀러 가는 거라고 했다. 준비된 차량도 고급 SUV였고 남자의 부모님도 성식을 반겼다. 점잖은 분들이었다. 자신을 준석이라 소개한 남자가 조수석에, 준석의 부모님이 뒷좌석에 자리를 잡았다. 성식이 운전석에 오르자 준석이 운전대를 잡기 전 성식에게 뭔가를 건넸다. 작은 가방이었다. 성식을 쳐다보는 준석의 눈빛은 매우 진지했다.

"이번 여행에서 필수로 지켜야 하는 규칙입니다. 이 가방을 항시 착용하세요. 언제 어디서나."

"네?"

"꼭 지켜야 합니다."

일단 가방을 받긴 받았지만 백팩 타입이라 뒤로 메면 운전하기 불편해서 앞으로 착용한 성식에게, 준석이 다시 낮은 목소리로 말했다.

"그리고 가방을 절대 열어 보지 마세요. 이 두 조건만 지켜 주시면 됩니다. 보수가 높은 이유기도 하고요."

"……알겠습니다."

이유를 묻고 싶었지만, 준석의 표정과 말투에 눌려 성식은 그냥 대답만 해 버렸다. 갑자기 조건을 걸으니 꺼림칙했지만 인제 와서 못 하겠다고 하기도 좀 그랬다. 무엇보다도 300만 원이면 중견 기업 월급에 해당하는 금액이었다. 성식 같은 항상 배고픈 자취생에게는 천금 같은 기회다. 뭐 범죄를 저지르는 것도 아니잖아. 성식은 되도록 긍정적으로 생각하기로 했다. 성식이 슬쩍, 룸미러로 뒷좌석을 살폈다. 준석의 부모님들도 준석처럼 진지한 얼굴이었다. 분위기 전환 겸 성식이 애써 밝은 목소리로 말했다.

"그럼 출발하겠습니다!"

"……드디어 바다에 다 가 보네요. 진작에 우리 다 같이 갈 걸 그랬어요."

"늦었지만 지금이라도 가는 게 어디야. 맘 편히 가져요. 몸 좀 추스르고."

준석의 부모님이 대화하는 게 어렴풋이 들렸다. 시동을 걸고 그대로 출발했다. 도로를 지나 고속 도로를 타는 동안 준석은 아무 말도 하지 않았다. 성식도 마찬가지였다.

차 안은 조용했다. 문득 생각난 듯, 준석의 어머니가 준석의 어깨를 톡톡 건드렸다. 준석이 돌아보자 어머니가 엷은 미소와 함께 말했다.

"클래식 틀어야지."

"참…… 맞네요. 깜박했어요. 어머니. 이것도 버킷리스트였죠? 여행길 드라이브에서 같이 좋아하는 클래식 듣기."

준석이 웃으며 답한 뒤, 차량에 스마트폰을 연결했다. 스마트폰 화면을 쳐다보던 준석이 대뜸 성식에게 물었다.

"뭐 좋아하는 클래식 음악 있어요? 그걸로 틀어 줄게요."

"네? 아, 저는 괜찮습니다. 아무거나……."

"그냥 골라 봐요. 모르면 번호라도 찍어요."

준석의 말은 단호했다. 당황한 성식이 준석을 쳐다보았다. 준석이 눈이 마주치자 씩 웃었다.

"2…… 2번으로 할게요."

준석이 알았다는 듯 고개를 끄덕이더니, 음악을 틀었다. 잔잔한 클래식 음악이 흘러나왔지만, 성식은 이 곡이 뭔지도 몰랐다. 다시 다들 입을 다물었다. 성식도 운전에만 집중했다. 그렇게 몇 시간을 달려, 목적지가 가까워지자, 준석이 그제야 입을 열었다.

"바로 식당으로 갈 거예요. 예약해 뒀으니까."

"아…… 숙소에 짐부터 내리는 게……."

"예약에 맞춰야죠. 늦으면 안 되니까. 바다에서 일몰을 감상하며 저녁을 먹는 거도 버킷리스트라서."

준석이 들은 척도 않고 내비에 주소를 찍었다. 성식은 준석이 시키는 대로 핸들을 돌렸다. 한참을 달리니, 탁 트인 바닷가가 훤히 보이는 고급 식당이 모습을 드러냈다. 주차하자마자 준석과 부모님이 곧바로 내려 식당으로 들어갔다. 뒤따라 가방을 멘 성식이 들어서니 이미 자리를 잡고 앉아 있었다. 어머님이 성식을 보며 손짓했다.

"어서 와요. 여기 자리 마련해 놨어. 풍경이 제일 잘 보이는 자리야."

"아 네. 감사합니다."

잠시 후, 고급 요리가 식탁 위에 가득 들어찼다. 준석의 어머님이 회를 한 점 집더니, 성식의 그릇에 담았다. 당황하는 성식을 보며 밝은 미소로 말했다.

"많이 먹어요. 참 고맙네…… 내가."

"아 전 뭐…… 그냥 아르바이트일 뿐입니다."

"그냥 아르바이트가 아니라우. 버킷리스트를 이뤄 주고 있잖아. 그게 고마워."

준석이 편히 먹으라는 듯 성식의 어깨를 툭툭 쳤다. 마지못해 회를 들어 입에 넣어 씹었지만 뭔 맛인지도 몰랐다. 요리는 먹지도 않고 넋 놓고 풍경만 바라보던 준석의 어머니가 감탄을 내뱉었다. 바다에 해가 지고 있었다. 준석이 성식을 툭 건드렸다.

"봐요. 밖에 일몰. 잠깐 먹는 거 멈추고."

"아, 네."

멍하니 보고 있는 사이 일몰이 끝나자, 곧바로 준석이 자리에서 일어섰다. 요리는 거의 그대로였다. 준석의 부모님도 미련 없이 일어서는 건 같았다. 성식도 눈치를 보며 일어섰다. 그대로 계산을 마친 준석이 식당을 나갔다. 성식이 얼른 먼저 뛰어가 SUV에 올라탔다. 모두 착석하자 준석이 말했다.

"이제 숙소로 가죠."

"알겠습니다."

뭔가 이상했다. 약간은 조급해 보였다. 몸이 편찮다는 어머니도 멀쩡해 보이고, 유달리 굳은 표정의 아버지도 심상치 않았다. 슬슬 성식은, 이 아르바이트가 수상하다는 생각이 들었다. 버킷리스트라면 보통은 여유 있게 즐기는 게 당연하지 않나? 일단은 준석의 지시대로 숙소로 출발했다. 어차피 2박 3일이니까. 숙소는 멀지 않았다. 다들 내리고 성식이 내리려는데, 가방끈이 손잡이에 걸렸다. 순간적으로 항상 착용하라는 규칙을 잊고 성식이 가방을 벗었다.

"가방 챙기라고!"

준석의 고함이 들려, 깜짝 놀란 성식이 가방을 땅에 떨어뜨렸다. 경악한 표정으로 준석이 허둥지둥 달려와 가방을 챙기더니 황급히 열어 안을 살폈다. 일그러진 얼굴로 준석이 울상이 돼서 소리쳤다.

"엄마! 엄마! 아빠! 어떡해요? 이거 어떡해요?"

순간, 성식의 입을 누군가 젖은 천으로 틀어막았다. 그대로 성식은 정신을 잃었다.

성식은 눈을 떴다.

보이는 건 자신을 보며 서 있는 준석과, 좌우로 나란히 앉아 있는 준석의 부모님이다. 성식이 뭐라 입을 열려 했지만, 재갈이 물려 있어 소리를 낼 수 없었다. 몸도 묶인 상태였다. 준석이 공허한 표정으로 성식을 보며 뭔가 말하고 있었다.

"……예상보다 좀 이르긴 했지만 그래도 버킷리스트를 이뤘으니 편히 가거라. 같이 바다로 놀러 가기…… 드라이브하면서 클래식 듣기…… 일몰을 바라보며 식사하기……."

"우우웁!"

준석의 시선이 성식의 옆으로 향했고, 성식도 따라 고개를 돌렸다.

항상 착용하라고 한 가방이 열려 있는 게 보였고, 부서진 검은 함과 하얀 가루들도 보였다.

"생전에 챙겨 주지 못한 이 오빠가 미안하다. 항상 말했었지. 대학교에서 남자 친구를 사귀면 하고 싶다는 버킷 리스트. 네 이상형에 맞춰서 골랐어. 마음에 드니?"

이제야 모든 걸 깨달았다. 성식의 동공이 흔들렸다. 준석이 품에서 뭔가를 꺼냈다. 성식의 동공이 요동치기 시작했다. 그건, 면접 당시 방문 기록차 서명했던 서류가 분명했다.

"……49일이 다 되어 떠나니 너 가는 길 외롭지 않게 같이 붙여 줄게. 그곳에서 함께 잘 지내렴. 이미 혼인 신고서에 서명은 받아 놨단다."

몸부림치는 성식을 두고 준석과 부모님이 웃으며 손뼉을 치기 시작했다.

죽은 딸이 외롭지 않게 보낼 예정인, 새로 맞이한 사위와의 영혼 결혼식을 축하하는 의미였다.

미라

이제 거의 다 왔다.

대학 졸업까지 얼마 남지 않았다.

다행히 그동안 고생한 보람이 있었다. 4학년이 된 해 상반기부터 동기들은 취업 대비 소개장이나 강연회를 참석하며 연신 발품을 팔았다. 물론 나도 마찬가지였다. 딱히 눈이 높은 편은 아니었기에 그나마 적성에 맞는 기업을 찾을 수 있었고, 그쪽도 내가 괜찮아 보였는지 졸업 후 수습사원으로 들어가기로 약속을 받았다. 그러니까, 이제 마지막 남은 학교 생활만 잘 마무리만 하면 된다. 떨어지는 낙엽도 조심할 때다.

오전 수강을 마치고 잠시, 동아리 방에 들렀다. 동아리 활동에 큰 의미를 두지는 않았지만 취업에 필요한 경력으로 도움되기에 1학년 때부터 꾸준히 출석은 해 왔었다. 열심히 하겠다고 가입한 게 아니니까. 그냥 어디에나 있는 평범한, 대중적이고 어렵지 않은 영화 감상 동아리. 평소 조용하고 소심한 내 성격과도 잘 맞는 곳이어서 그냥저냥 잘 지내 왔었다. 문을 열자마자 벽 쪽에 붙어 있는 소파에 늘어져 누워 있던 누군가가 고개를 빼꼼 들어 나를 쳐다봤다.

"왔냐? 야. 마침 잘됐다. 안 그래도 말할 거 있었다고. 오늘 저녁은 내가 할게."

"……응? 아니 굳이 무슨 요리를 한다고……."

"야. 그냥 내 말 들어. 때때로 맛있는 거 챙겨 먹어야 몸에도 좋고 그런 거야."

"……."

김종찬.

이 빌어먹을 바퀴벌레 같은 새끼만 만나지 않았더라면.

종찬이 동아리 방 소파에 늘어져 앉아 배를 긁고 있었다. 후배인 영철이 종찬을 보며 피식 웃더니 말을 꺼냈다.

"오. 성식 선배랑 같이 산다더니 요리도 해 주시나 봐요?"

"아니 이 새끼가 만날 처먹는 게 인스턴트투성이라……. 내가 좀 챙겨 줘야지."

"의왼데요? 겉으로 보면 성식 선배님이 요리 잘하시고

종찬 선배님이 편의점 도시락만 찾을 거 같은데."

"사람을 겉만 보고 어떻게 아냐? 겉과 속은 다 달라."

종찬이 답을 하며 슬쩍, 내 눈을 쳐다보았다. 나도 모르게 인상을 찡그렸지만, 금방 고쳐 올렸다. 말없이 동아리 방에 놓고 온 짐을 챙겨 다시 문밖으로 나섰다. 뒤에서 종찬이 외치는 게 들렸다.

"오늘 저녁 기대해라? 그리고 요리 재료 사야 하니까 '식비' 좀 부탁한다?"

'돈은 항상 내가 내지. 바퀴벌레 같이 빌붙어 사는 주제에.'

속으로 분이 치밀어 올라왔지만 내색하지 않았다. 어차피 이제 조금만 지나면 서로 볼 일 없는 이다. 괜히 막판에 문제를 일으키기는 싫었다. 특히나, 학과나 동아리에서 종찬의 영향력은 매우 커서 나에 대해 안 좋은 이야기가 돌 수도 있었다. 그러면 겨우 구한 직장에도 괴소문이 흘러 들어갈지 모른다. 잘나가고 인기도 많은 종찬과 달리 나는 조용하고 소심한 소위, 아싸였다. 처음에는 인싸인 종찬이 나와 친하게 지내는 게 좋았다.

오산이었다는 건, 종찬이 집에 들어온 그 순간 바로 알 수 있었지만.

　나는 지방에서 올라와 따로 자취방을 구해 혼자 지냈다. 기숙사는 내 성격과 좀 맞지 않아서 혼자 사는 걸 선택했었다. 그에 비해, 종찬은 기숙사에 들어갔다. 하지만 기숙사의 통금이나 기타 여러 가지 부분들이 답답했던 모양인지, 슬슬 밖으로 나도는 시간이 길어졌다. 어느 날은 동아리 방에서, 어느 날은 후배 자취방에서 외박을 하며 기숙사에 들어가지 않던 게 일상이 돼 버렸는데, 당연히 내 자취방에도 놀러 와 자고 가곤 했었다. 동아리 회원들이 종종 모여 술자리를 벌이는 일이 부지기수였고 놀기 좋아하는 종찬은 전부 참여했었는데, 내 자취방이 제일 편하다며 마음에 들어 했다. 그게 독이 될지는 전혀 몰랐었다.

　다짜고짜 종찬이 찾아왔다.

　"몇 달만 부탁하자. 응? 진짜 미안하긴 한데……. 기숙사 무단 외박 벌점 쌓여서 쫓겨나게 생겼다 야."

　"……사정은 알겠는데…."

　"동기 좋다는 게 뭐냐. 너도 적막하지 않아? 혼자 지내는 거. 같이 지내면 좀 사람답게 살고 막 분위기도 살고 어?"

　막무가내였다. 종찬은 간단한 짐만 챙겨 무작정 내 자취방에 찾아와 동거를 부탁했다. 4학년인 마지막 해, 2학기가 시작될 무렵이었다. 물론 나는 원치 않았다. 나만의 공간에 누군가 들어오는 건 싫었다. 특히나 그곳이 내 방이라면. 방도 그저 원룸이고, 내 공간이 전부 타인에게 오픈된다는 게 가뜩이나 부담스러웠다.

"너 착한 놈인 거 내가 잘 알지. 진짜 진짜 부탁할게. 내가 은혜는 꼭 갚으마."

"……일단 생각을 좀……."

"뭔 생각을 해. 너 피해 안 주게 조용히 지낼게. 응? 고민할 거 있어?"

"……알았어."

하지만 종찬이 끈질기게 매달리며 부탁해서, 차마 거절하지 못하고 허락해 버렸다. 어차피 4학년 2학기니 짧다면 짧은 기간이라 생각하면서.

"역시 내 친구다. 동기 사랑 친구 사랑!"

허락을 듣자마자 종찬은 짐을 풀더니 곧바로 밖으로 나가 버렸다. 마치 당연한 결과라는 행동 같았다. 멍하니 서서 바닥에 뒹구는 종찬의 짐과 옷가지들을 내려보았다. 그냥 칼같이 거절했어야 했나? 내 성격상 그건 불가능하다. 좋게 생각해 보자. 그래도 종찬이 나에 대해 좋게 말하지 않을까? 그래도 사람 살리는 셈치고 인정 있게 받아

주는 거잖아. 내 평판도 좀 올라가고. 이 생각 저 생각을 떠올리다가 머리가 아파져 와, 고개를 흔들며 전부 지워 버렸다. 이런 생각 해 봤자 나만 손해야. 어차피 무를 수도 없잖아 이제.

"아. 여섯 시 반이네."

그때, 스마트폰 알림이 울렸다. 취미로 하는 게임의 소속 길드원들 알림이다. 토요일 일곱 시에 모여 보스를 잡는 레이드를 뛰기로 했는데, 미리 준비해 두라는 메시지다.

"와, 깜박했네. 큰일 날 뻔했다."

일단 잡생각은 버리기로 하고, 게임에 집중하기로 했다. 비록 밖에서는 말도 잘 못 하는 아싸지만, 게임 속에서는 그래도 나름 인정받았다. 헤드셋을 착용하고 게임에 접속 하며 모두에게 인사를 건넸다. 다들 나를 반겼다. 마음이 편해졌다. 게임에 몰두하며 종찬에게 느낀 불쾌함을 잊었 다. 화면에 집중하며 나는 빠르게 마우스와 키보드를 번 갈아 가며 두드렸다.

한참 그렇게 몰두하고 있을 때쯤, 현관문이 열리는 소리 가 뒤에서 들려왔다.

"같이 살게 된 기념으로 기념주나 한잔하자?"

밖에 나갔던 종찬이 그새 소주병이랑 맥주병을 잔뜩 사 들고 온 것이다. 하지만 나는 술이 약해 술 자체를 잘 마시지 않는다.

'갑자기 초저녁부터 뭔 술이야…….'

당황스러웠다. 어떻게 반응해야 하나 고민하는 사이, 이미 종찬은 간이 테이블을 차리며 술병을 올리고 안주를 꺼내는 중이었다.

"역시 기념일엔 술이 제일이지."

게임 속 보스 레이드는 최소 한 시간은 걸린다. 이대로 중간에 나가면 길드원들에게 온갖 욕은 다 들어 먹을 차다. 어찌해야 할지 몰라 대답을 못 하는 내 뒤로, 재촉하는 종찬의 목소리가 다시 들렸다.

"뭐 하냐? 빨리 꺼 그거."

"아니 지금 레이드 중이야."

"레이드가 뭔데? 그냥 게임하는 거 아냐?"

"이게 여러 명이랑 같이 하는 파티 게임이라 나 혼자 그만둘 수는 없어."

"난 잘 모르겠다. 뭐, 알았어 그럼."

다행히 종찬이 넘어가는 거 같아 속으로 안도의 한숨을 내쉬었다. 하지만 역시, 뭔가 알 수 없는 기운과 시선이 느껴져 집중되지를 않았다. 길드원들이 하나둘 채팅을 날리기 시작했다.

– 형 왜 그래요 오늘따라

– 탱이 어그로를 끌어야지 왜 옆으로 빠져

– 아 ㅅㅂ 너 술 먹었냐?

– 쉽게 깨는 건데 왜 이걸 못 잡아

뭔가 정신이 없었다. 등 뒤로 계속 기분 나쁜 시선이 느껴졌다. 허둥지둥하다가 마우스를 손에서 놓쳐 버렸다. 무선 마우스라 바닥에 떨어졌고, 그 순간 게임 속 보스가 카운터를 날렸다. 전멸. 멍한 표정으로 모니터만 쳐다보았다. 채팅창이 욕으로 도배되고 있었다. 나는 연신 사과의 메시지를 올렸다. 최악의 주말이었다.

우두커니 앉아 있다가 문득 고개를 돌려 뒤를 쳐다보았다. 종찬이 맥주잔을 든 채 날 뚫어지게 쳐다보고 있었다. 눈이 마주치자 종찬이 슬쩍 눈을 피하며 맥주잔을 입에 가져갔다.

"끝났냐? 얼른 와라."

분명, 그 눈빛은 경멸이 섞인 눈초리였다.

#

　그렇게 종찬과의 동거 생활은 시작됐다. 초반에는 종찬
이 말한 대로 별 무리 없이 지냈다. 하지만 놀기 좋아하고
외향적인 종찬과, 혼자 있는 걸 원하고 조용한 나는 서로
조금씩 부딪히기 시작했다. 청소, 빨래, 식사 등등 모두가
말이다.

　"냉장고는 도대체 왜 있는 거냐?"

　"그냥 냉동식품 같은 거 보관하려는 거지."

　"아니, 너 자취 4년짼데 요리도 안 해?"

　"굳이 할 필요가 있나……. 그냥 사 먹으면 되잖아."

　"오, 너 돈 많은가 보다?"

　'일하잖아 나는.'

　아르바이트를 병행해서 생활비를 유지했지만, 그건 나
혼자 살 때의 일이다. 종찬은 학업을 제외하면 놀러 다니
기 바빴다. 집에서 주는 용돈을 받아 생활하는 거 같았다.
한량 새끼. 그러면서도 생활하며 나가는 식비나 기타 소
비 비용에는 전혀 관여하지를 않았다. 정도가 심했다. 최
소한 빌붙어 사는 거면 소정의 생활비라도 지원해야 하는
거 아닌가. 화가 쌓여 갔지만, 겉으로 표현하지는 않았다.

아니, 할 수가 없었다. 항상 그래 왔던 대로 참았다.

"청소 안 했어?"

"아, 나 약속 있어서 모임 다녀왔어."

"오늘 니 당번이잖아."

"일이 생겨서 그랬다니까. 내일 하면 되잖아 니 당번 날에."

"……한두 번이 아니니까 그러는 거지."

"하, 답답해서 대화가 안 된다 대화가. 뭐 그리 융통성이 없냐?"

이런 식이었다. 돈이 들어가는 건 내가 다 부담하고, 돈이 들어가지 않는 청소나 빨래 같은 사소한 일도 말로는 한다고 한다 하면서 미루기 일쑤였다. 밑에서부터 위로, 화가 차곡차곡 쌓여 갔다. 대학에서는 4학년 재학생들 취업 준비에 도움이 되라고 4학년 2학기 마지막 기말고사는 리포트로 대체해 주었는데, 나는 열심히 준비했지만, 종찬은 신경도 쓰지 않았다. 내가 졸업 후 바로 취업하는 게 목적이라면, 종찬은 그냥 대학 졸업증만 따는 게 목적으로 보였다. 이런 부분도 서로 부딪히는 문제였다.

"자료 조사 때문에 도서관에 좀 다녀올게. 오늘은 청소 꼭 해."

"오키."

쳐다도 안 보고 건성으로 대답하는 종찬의 뒤통수를 보며, 나는 들릴 듯 말 듯 한숨을 내쉬었다. 이번 리포트를 마지막으로 제출하면 종강이다. 졸업인 것이다. 조금만 참으면 된다. 속으로 주문처럼 중얼거렸다. 참을 인 셋이면 살인도 면한다. 밖으로 나섰다. 눈이 내리고 있었다.

도서관에서 시간을 보내니 시간이 금방 흘러갔다. 밖은 컴컴한 게 이미 어두웠다. 여전히 눈이 내리는 중이었다. 비가 아니라 다행이지. 나는 가방을 둘러메고 종종걸음으로 걸었다. 주변에는 여전히 불이 밝은 건물이 많았다. 특히 동아리 방이 모여 있는 건물은 환했다. 동아리 활동을 중요하게 생각하는 이들에게는 마지막 추억일 거다. 하지만 나는 아니다. 후회하고 있었다. 저 바퀴벌레 같은 놈이랑 알게 된 게 동아리 때문이니까. 재수 없게 엮여서.

불이 켜진 자취방 창이 보였다. 내가 현관으로 들어서려는데, 뭔가 사람들의 말소리가 들려왔다. 의아한 얼굴로 나는 현관문을 열었다.

"왔냐?"

"안녕하세요 오빠!"

멍하니 선 내 눈에 생전 처음 보는 여자애가 종찬 곁에 앉아 있는 게 보였다. 내가 종찬에게 시선을 돌리자, 종찬이 웃으며 여자애를 소개했다.

"내 여친."

'여친? 여친을 왜 데려와?'

설마. 이상한 생각이 들었다. 나도 모르게 방 안을 눈으로 훑었다. 청소는커녕, 오히려 더 지저분해졌다. 설마. 벽쪽에 구겨진 이부자리. 휴지가 가득한 쓰레기통. 내 표정을 본 종찬이 피식 웃으며 중얼거렸다.

"청소 다음에 할게. 갑자기 여친이 찾아와서."

"……."

나는 대답하지 않고 가방을 내려놓은 뒤 그대로 컴퓨터 책상 앞에 앉았다.

"야. 여친이 인사했는데 쌩까냐 너는?"

그냥 무시했다. 이 연놈들이 내 방에서 무슨 짓을 했는지는 알고 싶지 않았다.

"오빠……. 그냥 저 갈게요."

종찬의 여친이라는 여자애의 목소리가 들렸다. 여자애가 나가고 종찬이 뒤따라 나가는 소리도 들렸다. 컴퓨터가 돌아가고 있었다. 마우스를 움직이니, 화면 보호기가 사라지며 화면이 나타났다. 일시 정지된 동영상.

"이 미친 새끼가 진짜……."

야동이었다. 그리고, 차곡차곡 쌓인 화는 목구멍 바로 밑까지 올라왔다.

#

　종찬은 새벽에 들어왔다. 술에 잔뜩 취한 상태였다. 나는 자지 않고 계속 종찬을 기다렸다. 종찬이 벌건 얼굴로 나를 보더니, 인상을 찌푸렸다.

　"뭐 할 말 있냐?"

　"⋯⋯."

　"뭐가 그렇게 맘에 안 드는데. 꼰대 같은 새끼야."

　"뭐?"

　"씨발 진짜 내가 계속 참고 참았는데⋯⋯. 잔소리 존나 하잖아 너."

　적반하장이라는 게 이런 걸까. 관자놀이 부분이 떨렸다. 뭐가 그렇게 당당한지, 종찬이 내 앞에 바짝 다가와 눈을 부라리며 따졌다.

　"여친 앞에서 개쪽을 주고 지랄이야 씨발."

　"지금 누가 누구한테 따지는 거냐?"

　평소 그냥 넘어갔던 나도 이제는 참지 못하고 대응했다. 내 반응에 놀랐는지 종찬이 말을 멈추고 내 얼굴을 뚫어지게 쳐다보았다.

　"하. 이 찐따 같은 새끼가 웬일이래?"

"뭐라고?"

"왜. 내가 틀린 말 했냐? 뭐 불만 있어도 혼자 끙끙대고 그런 거 다 알아 씨발. 존나 티 나 너."

종찬이 비웃으며 내게 손가락질을 했다. 이젠 화가 머리 끝까지 차올랐다. 조만간 터질 것 같았다. 대꾸하지 않는 내게 종찬이 다시 경멸의 눈빛을 보냈다.

"그거 다 아니까 내가 편하게 사는 거지."

"그래서……. 날 이용해 먹었다 이거지?"

"몰랐냐 병신아?"

"몰랐다 이 씨발 새꺄!"

나는 소리를 버럭 지르며 그대로 종찬을 밀쳤다. 갑작스럽게 밀쳐진 종찬이 중심을 잃고 뒤로 넘어졌다. 하필이면, 테이블 모서리 쪽이었다. 퍽. 요상한 소리가 들리고, 종찬의 몸이 축 늘어졌다. 눈을 몇 번 깜박거린 나는 황급히 그런 종찬에게로 몸을 움직였다. 피가 흐르고 있었다. 종찬의 동공이 돌아가서 보이지 않았다. 심장이 쿵쿵 뛰기 시작했다.

죽었다.

자리에 주저앉아 버렸다. 어떡하지? 이제 졸업이고, 취업도 예정되어 있는데. 이 바퀴벌레 새끼가 죽는 바람에 모든 게 틀어지게 생겨 버렸다. 사고라고 신고할까? 어떻게 사고로 처리할 방법이 없을까? 머릿속이 헝클어지기 시작했다. 그리 쉽게 넘어갈 리 없잖아. 어쨌든 사람이 죽었고, 내가 피의자다.

흐르는 피를 보고 다급히 근처에 있던 수건을 들어 상처를 감쌌다. 이제 어떡하지? 수건으로 머리를 동여매 지혈을 시도했다. 차가운 시신이 되어 바닥에 누워 있는 종찬을 보며, 어떻게 해야 하지 하는 고민만 수백 수천 번을 계속했다. 생각을 할 수가 없었다. 아니, 생각이 안 났다.

어떻게 처리하지? 지금 몇 시야? 새벽 네 시였다. 근방은 학생들이 거주하는 원룸이 많다. 처리한답시고 함부로 데리고 나가면 금방 눈에 띄기 십상이다. 더군다나 혈기 넘치는 애들이니 밤낮 가리지 않을 텐데 말이다. 그렇다고 이대로 내버려 두어선 안 된다. 힘겹게 일어나 방 안을 빙글빙글 돌았다. 생각해. 생각해라. 일단 어딘가에 숨기자. 그런 내 눈에, 벽 끝 구석에 서 있는 낡은 장롱이 들어왔다. 안 쓰는 옷가지나 이불을 쑤셔 박고 열지도 않는 가구다. 눈이 동그랗게 커졌다. 일단 저기에, 숨기자.

얼른 컴퓨터 책상으로 다가가 검색을 시도했다. 아무래도 시신은 부패하기 마련이다. 그러면 냄새도 나고 벌레도 꼬여서 금방 들켜 버린다. 부패를 막는 방법. 부패하는 원인. 나프탈렌이 필요할까? 어떻게든 부패를 늦춰서 시간을 벌어야 해. 아.

미라화. 미라화의 원인. 방법. 잠깐만. 그래. 이거야.

나는 부패 방지와 미라화에 대해 빠르게 검색을 시도했다. 공기가 닿지 않게 한다. 따뜻하고 건조한 장소가 필요하다. 사체의 체액을 빠르게 증발시켜 시체가 마르게 한다. 혼자 중얼거리며 나는 벌떡 일어나 장롱으로 향해 문을 열었다. 안에 들어 있던 이불과 옷가지들을 전부 꺼낸 뒤, 그중 가장 두꺼운 이불 하나를 바닥에 펼쳤다. 하려면 빨리. 벌써 부패가 시작될지도 모르잖아? 미친 듯이 나는 종찬의 시신을 이불 위로 옮겼다. 피를 빼야 하나? 아니, 그건 너무 무리한 작업이야. 뭘 어찌해야 하지? 일단 공기가 닿지 않게 싸매는 게 맞지 않나? 혼자 계속 반문하면서도, 그리고 쉬지 않고 중얼대면서도 내 손은 종찬의 시체를 이불로 둘둘 말았다. 테이프가 필요해. 행동을 멈추고, 멍하니 서서 천장을 쳐다보았다. 나가서 사 와야 해.

"아 씨발."

잠깐 나갔다 오는 거라도 종찬의 시체를 방 한가운데 두고 떠나기가 찜찜했다. 누가 방에 찾아오면? 동아리 후배들이 술 한잔하자며 방문하면? 아니, 아까 그 여친이 찾아오면 어떡해? 괜찮겠지? 시간은 자꾸 흐른다. 이런 고민을 할 시간이 없었다. 깊은 한숨을 내쉬고, 나는 그대로 현관문을 열었다. 편의점이야 코앞이지만, 지금 내게는 엄청 멀게 느껴지는 거리였다.

한달음에 달려왔다. 당연하겠지만 아무 일도 일어나지 않았다. 현관을 잠근 뒤, 나는 다시 작업을 시작했다. 종찬의 시체를 이불로 싸맨 뒤, 테이프를 온갖 곳에 덕지덕지 붙여 밀봉했다. 들려 하니 엄청 무거웠다. 사람이 원래 이렇게 무겁구나. 안간힘을 써서 밀봉한 종찬의 시체를 장롱에 넣으려 했다. 들어가지 않는다.

"아 씨발 진짜 미치겠네……."

키가 걸려서 들어가지 않았다. 다시 내려놓은 뒤 방법을 생각했다. 벌써 한 시간이 지났다. 몸을 구겨 넣어야 한다. 사후 경직이 일어나기 전에 빨리. 고민할 시간이 없었다. 뭔가에 홀린 마냥, 나는 그대로 종찬의 다리 부분을 잡고 최대한 힘을 주었다. 부러트려야 한다. 어차피 이불에 가려져 보이지 않으니, 작정하고 안간힘을 썼다. 뚝, 하는 느낌이 손에 느껴졌다. 뼈가 튀어나와서 이불을 찢었을까 잠깐 걱정했지만, 다행히 괜찮았다. 이번에는 팔, 다시 뚝 하는 느낌이 전해졌다. 이번에는 목. 뚝. 허리는 힘들겠지. 어떻게든 되는 대로 부러트려. 한참을 힘을 주니 손이 떨릴 지경이다. 어떻게 자세를 고쳐 보니 아까보다는 몸집이 작아졌다. 이불 속 종찬의 시체는 여기저기 부러져 만

신창이가 됐을 테다.

　시체를 다시 들어 장롱 안에 집어넣으려 했다. 다행히 이번에는 딱 들어갔다. 장롱문을 닫고, 그대로 바닥에 주저앉았다. 다음은 뭘 해야 하지? 일단 아침에 수업을 들어가야 한다. 중요한 수업이라 빠질 수가 없다. 머리가 아파 눈을 감았다.

#

　듣는 둥 마는 둥 수업을 마치고 바로 집으로 돌아왔다. 조심스레 장롱을 열어 보았다. 이상한 냄새나 그런 건 나지 않았다. 확실히, 밀봉한 효과가 있는 거 같았다. 그럼 이제 할 일은, 고온 건조다. 부패하여 분해되는 속도보다 더 빨리 건조되면 미라화가 된다. 일단 뭐라도 도움이 될까 싶어 나프탈렌을 대량 주문했다. 제습제도 마찬가지다. 살충과 제습 효과가 더해지면 더 좋지 않을까. 핫팩도 주문하고, 방수 비닐도 주문했다.

　계획은 이랬다. 장롱 안에 나프탈렌과 제습제, 그리고 핫팩을 다량으로 넣고 장롱을 통째로 비닐로 밀봉한다. 그리고 장롱을 히터로 가열한다. 그렇게 졸업 후 이 자취방을 떠나는 시점이 되면, 이삿짐 운반을 하는 척 장롱을 옮겨 따로 종찬의 시체를 처리한다. 그러니까 몇 주만 버티면 되는 거다. 그동안 의심받지 않기 위한 연기를 한다.

아무렇지 않은 척 동아리 방을 찾았다. 후배들이 인사를 건넸다. 평소처럼 인사를 받으며 태연한 척, 말을 꺼냈다.

"혹시 종찬이 본 사람? 동아리 방에 안 왔다 갔나?"

"안 왔어요. 선배님이랑 같이 지내시는 거 아녜요?"

"아니 어제 집에 안 들어왔거든."

"에이. 종찬 선배님 원래 밖으로 나도시는 분이라 큭. 그런 거 너무 걱정 안 하셔도 됨요. 어디 놀러 갔나 보죠."

내가 고개를 끄덕이며 그제야 생각났다는 듯 대꾸했다.

"아! 그러네! 맞다. 지금 생각해 보니 가평인가? 춘천인가? 놀러 간다고 했었던 거 같다. 그래도 아무 말도 없이 휙 떠나는 건 좀 아니지 않냐?"

후배인 영철이 피식 웃더니 고개를 흔들었다.

"이제 수업도 거의 다 끝났고 졸업이 코앞이니 마지막으로 즐기고 싶은 거죠. 종찬 선배님 성격 잘 알면서 뭘 걱정해요?"

"그런가? 내가 좀 예민하잖아 이런 거."

"참. 종찬 선배님 아까 낮에도 누가 찾던데."

심장이 덜컥거렸다. 영철이 고개를 갸우뚱하더니 혼잣말을 중얼거렸다.

"여자 친구라던데. 좀 이상하네. 같이 안 놀러 갔나?"

"종찬이 여친이 왔었다고?"

"네. 우리 학교 학생은 아닌 거 같았어요."

나는 그대로 자리에서 일어섰다. 어쩌면 집으로 찾아올지도 모른다.

"벌써 가세요?"

대충 둘러댄 뒤, 나는 바로 동아리방을 나섰다.

자취방에 다다르니 누군가 앞에서 서성거리는 게 보였다. 역시나, 종찬의 여자 친구가 맞았다. 나를 발견한 여자애가 꾸벅 고개 숙여 인사했다. 일단은 나도 같이 인사를 건넸다. 인사하자마자 여자애가 바로 물었다.

"저기 혹시……. 종찬 오빠 없나요?"

"종찬이요? 어제 집에 안 들어왔는데요."

"아……. 그러면 어디 갔는지도 모르시는…… 거죠?"

"네. 원래 걔가 자기 마음대로 움직이는 놈이라 저도 잘……."

내 눈을 빤히 쳐다보던 여자애가 어두운 표정으로 말했다.

"저희가 그날 좀 심하게 다퉜거든요. 그래서 걱정이 돼서……."

"아, 너무 신경 쓰지 마세요. 종찬이가 욱하는 기질은 있지만 오래 안 가요."

"그런가요……."

"일단 종찬이 돌아오면 찾아왔었다고 전해 드릴게요."

내 말투에 약간 불편함이 섞인 걸 알았는지 여자애가 말없이 다시 꾸벅 인사했다.

"전화도 안 받고 그래서."

전화. 휴대폰. 전혀 생각도 못 했다.

"아……. 그…… 다투신 거 때문에 삐쳤나?"

"아무튼 종찬 오빠한테 전해 주세요. 어제 미안했다고."

"아 네네."

대화를 빨리 끝내야 했다. 휴대폰을 처리해야 한다. 여자애가 떠나자마자, 곧바로 자취방으로 들어섰다. 현관을 잠근 뒤 장롱으로 다가가 문을 열었다. 종찬을 싸맨 이불을 바라보며 어찌해야 할지 고민했다. 겨우 밀봉했는데 다시 풀 수는 없잖아. 주변을 둘러보며 뭔가 단단한 걸 찾았다. 혹시 몰라 호신용으로 충동 구매한 삼단봉이 떠올라 서랍을 열어 꺼냈다. 종찬을 내려놓은 뒤, 휴대폰으로 종찬에게 전화를 걸었다. 벨 소리가 들리지 않는다. 그렇다면 진동을. 이불에 덮여 있어 그런지 들리지 않았다. 나는 눈살을 찌푸리며 그대로, 천천히 이불 위를 손으로 훑었다. 진동을 느껴야 한다. 그리고, 부숴 버려야 해. 위치 추적도 될 수 있고 들키면 모든 게 끝이야. 굴곡들이 느껴졌다. 하반신이라 생각한 부분에서 작게나마 미세한 떨림이 잡혔다. 여기구나. 나는 삼단봉을 들어 그대로 힘껏 내리쳤다.

"아 씨발! 진짜! 짜증 나네! 재수 없게 진짜! 이 바퀴벌레 새끼 때문에!"

삼단봉으로 계속 후려치며 욕지거리를 내뱉었다. 도대체 어디서부터 잘못된 걸까. 애초 종찬을 받아들이는 게 아니었다. 자업자득이라고는 하지만. 죽일 듯이 내리쳤다. 한참을 그러고 나서 힘이 들어 가파르게 숨을 골랐다. 이 정도면 됐겠지? 다시 전화를 걸어 보았다. 반응이 없다. 삼단봉으로 얼마나 내리쳤는지 그 부분만 움푹 팰 정도였다. 휴대폰뿐만이 아니라 뼈고 살이고 다 짓뭉개졌을 테다. 다시 장롱 안에 구겨 넣었다. 몇 주만 버티자. 몇 주만.

다음 날, 주문한 것들이 도착했다. 수업이 없는 날이라 시간은 여유 있었다. 장롱 안에 핫팩 수십 개와 나프탈렌들, 그리고 제습제를 온통 쏟아부었다. 문득 그런 생각이 들었다. 자연 건조가 아니라 이렇게 인위적으로 건조를 하면 더 빨리 미라화되지 않을까 하는. 흔히 고독사라던가 그런 기사를 보면 보통 2개월 이내로 알고 있다. 하지만 지금 내가 하는 행동은 훨씬 그 시간을 단축할지도 모른다. 운이 좋으면. 히터를 틀어 놓고 멍하니 장롱 안을 쳐다보았다. 긍정적으로 생각해 보기로 했다. 이대로 잘 버티면 되는 거야. 한참을 연락이 없으면 실종 신고가 들어갈 테지만, 일단 종찬도 본가를 떠나 기숙사 생활을 하는 걸로 되어 있고 워낙 제멋대로 다니던 인간이라 며칠은 안 찾겠지. 아니야. 종찬이 나랑 같이 사는 거 동아리 회원들은 다 알아. 종찬이 여친도 알아. 어쩌면 본가에 말했을지도 몰라. 그러면 당연히 내게 물어볼 거 아냐. 나중에 실종 신고라도 나면 경찰이 날 찾아와서 물어볼 거라고. 태연하게 연기할 수 있어? 지금 이게 긍정적으로 생각할 상황이야? 아니라고! 어떻게든 빨리 처리해야 된다고! 경찰이 찾아왔는데 장롱 안을 보자고 하면? 아, 그러면 장롱을 밀봉하면 안 되겠네. 누가 봐도 수상하게 생각할 거 아냐. 그러면 너무 위험하잖아. 방법은 하나야. 빨리 미라로 만들어서 처리해 버려야 해. 머리가 터질 거 같았다. 이러다 미치는 게 아닐까 싶을 정도였다. 히터를 하나 더 사자. 히터 세 개로 가열해. 일주일 안에 끝내 버리자. 얼른 휴대폰으로 히터를 주문했다. 이미 아르바이트는 그만두었다. 앞으로 내 일정은 모두, 빨리 종찬의 시체를 미라로 만드는 것이다.

다음 날, 히터가 도착했다. 장롱을 열어 혹시 냄새라도나는지 확인했다. 악취가 없다. 잘 진행되고 있어! 식은 핫팩을 치운 뒤 새 핫팩으로 채웠다. 나프탈렌 냄새가 코를 찔렀지만 부패할 때 나는 악취보다야 훨씬 나았다. 히터 세 개를 동시에 켜 가열했다. 어서 말라라. 어서 말라라. 씨발 좀 빨리 말라비틀어져라.

다음 날, 또 핫팩들을 새로 갈았다. 손으로 만져 보니, 뭔가 미묘한 변화가 있는 것도 같았다. 딱딱해. 사후 경직이야 아니면 미라화된 거야? 열어 볼 수도 없고 답답했다. 온종일 하는 거라고는 장롱을 열어 히터 세 개를 켜 놓고 멍하니 쳐다보는 게 전부였다. 밥도 먹지 않고 그저 이 행위만 반복했다. 앞으로도 계속 똑같을 거였다.

다음 날, 반복된 행동을 하던 찰나, 누군가 현관문을 두드렸다.

"어? 누구야!"

깜짝 놀란 내가 나도 모르게 과한 반응으로 소리쳤다. 얼른 장롱을 닫고 히터를 치우며 다시 한 번 큰소리로 외쳤다.

"누구세요!"

"아 깜짝 놀랐네. 뭘 그렇게 악을 쓰냐?"

진구였다. 동아리 동기. 진구가 문을 두드렸다.

"야, 다들 놀러 왔다. 막바지에 술 한잔하게."

"뭐? 뭐?"

내가 놀라 정신없이 답하자, 현관 밖에서 다시 말소리가 들렸다.

"뭐해. 빨리 문 열어."

"어? 아 잠깐만……."

문을 열어야 하나? 아니 그래도 지금 이건 너무 위험한 상황 아니야? 지금 이 방에는 시체가 있다고! 하지만 이대로 보내면 분명 수상하게 생각할지도 몰라. 나중에 종찬의 행방을 찾다 보면 동아리 회원들에게도 경찰들이 묻겠지. 지금 이 상황에 대해 진술할 수도 있고 경찰들이 날 수상하게 볼 수도 있잖아. 그냥 태연한 척 평범한 척 연기하면 되는 거 아냐? 낡은 장롱을 누가 열어 본다고 응? 안 그래? 눈을 깜박이며 생각하다가, 현관으로 다가가 문을 열었다.

동아리방 회원들과 함께, 진구가 생일 케이크를 들고 서 있었다.

"생일 축하한다 새꺄."

"어? 나?"

"이 새끼는 지 생일도 몰라. 하여튼 정신머리 하고는. 야 됐고 이거부터 받아라."

얼떨결에 케이크를 받았다. 진구가 성큼 방 안으로 들어오더니 주변을 두리번거렸다.

"생일엔 뭐다?"

동아리 회원들이 우르르 들어오더니 킥킥 웃기 시작했다. 영문을 모르는 표정으로 케이크를 들고 선 채 그런 그들을 쳐다보았다. 진구가 웃으며 말을 꺼냈다.

"종찬이 새끼가 너 생일날 한잔하자고 했거든. 근데 이놈은 잠수 탔네? 뭐 원래 그런 놈이니까. 근데 그러더라고. 생일빵 하자고. 종찬이가 아이디어 냈다."

뭔 소리야 지금.

"군대 다 다녀왔으니 모처럼 추억의 모포 말이 함 하자. 야! 다들 성식이 잡아!"

회원들이 내 팔과 다리를 잡았다. 진구가 장롱을 쳐다보았다.

"이불 저 안에 있냐?"

내 눈이 터질 듯이 커졌다. 입에서, 그동안 한 번도 내지 못한 비명이 터져 나왔다.

"으아악! 하지 마!"

"와 저 새끼 왜 저래? 모포 말이 한다고 죽냐? 이불이 우리 생일빵을 커버해 줄 테니 너무 걱정 말아."

"열지 마! 열지 말라고!"

"저거 봐라 저거. 완전 발악을 하네 크크큭. 아니 근데 히터가 세 개나 있네?"

진구가 장롱을 열었다.

"……뭐야 이거. 이불이 있긴 한데……. 뭘 싸 놨네?"

내가 몸부림치자 날 붙잡고 있던 힘이 풀어졌다. 다들 놀란 눈으로 나를 쳐다보고 있었다. 내가 진구에게 달려들었다. 이불을 만지려는 진구를 향해 몸을 날렸다. 진구가 그대로 충격을 받고 넘어졌다.

"악! 왜 이래!"

"열지 말라고 했잖아 이 씨발 새끼야! 이 개새끼야! 아악!"

내가 미친 듯이 소리치자 모두 황당하다는 표정으로 서 있었다. 진구가 열을 받았는지 일어서더니 그대로 날 향해 돌진했다. 키도 덩치도 나보다 한참 위이기에, 나는 그대로 바닥에 뒹굴었다. 진구가 혀를 차며 중얼거렸다.

"이 새끼가 돌았나 왜 이래? 아니 뭘 숨겼길래……."

"건들지 말라고 그거! 이 씨발!"

"……근데 이거 다 뭐냐……. 핫팩…… 나프탈렌…… 제습제도 가득하고……."

진구의 표정이 서서히 굳어졌다.

"야. 이거 뭐냐고."

안 돼. 진구가 묘한 표정으로 장롱 안 이불 더미를 잡아끌었다. 툭 하고 바닥에 떨어진 이불 더미를 보며 진구가 쪼그려 앉았다. 그리고 천천히 테이프를 뜯기 시작했다.

"하지 말라고!"

진구가 말없이 계속 테이프를 뜯어냈다. 온몸에 힘이 죽 빠졌다. 아무것도 할 수 없었다. 그저 머릿속에 망했다는 생각만 가득 들어찼다. 진구가 천천히 이불을 풀어 헤쳤다.

"으아악!"

진구가 외마디 비명을 지르며 뒤로 물러섰다.

엎드려 있던 나와 종찬의 머리가 그대로 마주쳤다. 장롱 안에 구겨 넣으려고 부러트린 목과 팔이 묘하게 뒤틀린 채 드러나 있었다. 바짝 마른 종찬의 머리 위로 거꾸로 꺾인 팔과 손이 비집고 올라온 채로. 이빨이 딱딱 부딪혔다. 그 모습은 마치, 반갑다고 손을 흔드는 것 같이도 보였다.

그 순간 머릿속에 든 생각은, 생각보다 미라를 만들기 쉽다는 것 하나였다.

소유

구석 빈자리 책상 위에, 국화꽃이 놓여 있었다.

공기가 매우 무거웠다. 반 아이들 모두 어두운 얼굴이었다. 은우 역시 기분이 이상했다. 뭔가 생전 처음 느끼는 그런 기분이었다. 우리 곁을 떠난 지 일주일이 됐지만, 아직도 적응되지 않는다. 은우가 말없이 국화꽃을 쳐다보다가, 고개를 돌렸다.

같은 동급생이던 지수가 죽었다.

사인은 자살이었다. 고3이 겪는 수험 스트레스가 원인이라고 들었다. 지수는 평소 털털하고 성격도 밝아서 그런 속앓이를 하는 줄은 몰랐다. 친한 친구도 많았기에 다들 충격이었다. 은우가 한숨을 내쉬었다. 교실 문이 열리고, 담임 선생님이 들어왔다.

"……오후에 지영이가 다시 등교하니까…… 다들 알고 있어. 언니가 떠나서 마음의 상처가 깊을 테니 위로해 주고."

담임 선생님의 말에 잠시 수군거리는 소리가 들렸지만, 곧바로 사그라들었다. 은우의 시선이 국화꽃이 올려진 책상 옆, 빈자리로 향했다. 지수가 앉던 자리 바로 옆. 지수의 동생인 지영. 둘은 자매이자 서로 절친한 친구기도 했었다. 비록 성격은 정반대였지만.

'지영이는 괜찮으려나…….'

이지수와 이지영. 둘은 은우의 소꿉친구이자, 서로 똑 닮은 쌍둥이였다.

#

은우가 둘을 처음 만난 것은 초등학교 6학년 때였다. 둘은 은우가 있던 학교에 전학을 왔다. 흔히 전학생이 오면 시비를 거는 심보가 고약한 인간들이 있기 마련이다.

"와, 진짜 둘이 똑 닮았네? 쌍둥이 처음 보니까 신기하다?"

"야! 너 그런 거 대놓고 말하면 실례인 거 몰라?"

당찬 성격의 지수가 발끈했지만, 지영이는 지수와는 달리 조용히 고개만 푹 숙이고 있었다. 반에서 두목을 자처

하던 놈이 그런 지수를 비웃으며 주먹을 쥐어 흔들어 보였다. 지수가 움찔하자 놈이 히죽거리며 웃었다.

"그래서 뭐 어쩌라고. 내가 너희 사정 보면서 말해야 하냐?"

"이 돼지가?"

"뭐? 미쳤냐 너?"

지수의 얼굴에 날리려는 주먹을 잡으며, 은우가 경고를 던졌다.

"야. 쪽팔리게 여자애들한테 뭔 짓거리냐?"

"아 씨 이게……."

"그럼 나랑 한번 뜨든가."

은우는 초등학교 때도 한 덩치를 자랑했었다. 괜스레 엮이기 싫었는지 놈이 그대로 물러섰다. 그런 은우를 지수와 지영이 가만히 쳐다봤다. 은우가 멋쩍은 표정으로 손을 흔들었다.

"아니 뭐…… 같은 반이잖아."

"좋네. 마음에 든다."

지수가 웃으며 은우의 말에 화답했다. 지영이는 여전히 쭈뼛거리며 둘의 눈치를 살폈다. 은우가 지수와 지영 둘을 번갈아 보며 속으로 생각했다.

'진짜 닮았네. 상반된 성격이 아니라면 누가 누군지 전

혀 모를 정도로.'

지수가 지영의 손을 잡으며 종종걸음으로 자리로 향했다.

"내 옆에 앉아. 그리고 시비 거는 새끼들 있으면 말해. 알았지?"

"응……."

"저기 이번에 친구 된 애도 도와준다니까. 야. 너 이름 뭐야?"

지수가 은우를 향해 물었다.

"아, 나? 박은우."

"박은우. 내 동생 잘 부탁한다?"

"어? 아, 응."

다른 의도는 없었다. 그냥 평소 놈의 행동이 마음에 들지 않다가 울컥한 것뿐이었다. 은우는 원래 다른 애들과도 말을 잘 섞지 않는, 혼자 있는 걸 더 좋아하는 성격이었다. 그러니 친구도 없었고, 친구를 만들 생각도 없었다. 그런데 어쩌다 보니 그 둘과 친구가 되어 버렸다. 시선이 살짝 마주치자 지영이 급히 시선을 돌렸다.

전학을 온 지 며칠 지나지도 않아, 지수는 이미 원래부터 죽 지내 왔던 아이처럼 바로 적응했다. 하지만 지영은 아니었다. 차분하고 조용해서 눈에 띄지 않았다. 문득 은우는 지영이 자신과 비슷한 부류일지도 모른다고 생각했다.

지수와 지영 둘의 존재는 은우의 부모님도 알고 있었다. 다름 아닌 둘이 전학 온 이유 때문이었다.

"이번에 미선이 돌아왔잖아. 그거 남편이 바람피워서 이혼하고 친정으로 온 거라며."

"쉿. 은우 듣는데 조용히 말해요."

저녁 식사를 하는 자리에서 아빠가 툭 말을 던지자 은우의 엄마가 눈치를 주었다.

"뭐 어때. 참, 미선이랑 당신 친했지 않아? 어릴 때 죽 같은 학교 다녔잖아."

"……그렇게 친하지는 않았어요."

"세월 참 빨라…… 아무튼 딸 둘을 혼자 키워야 하니 고생이겠어."

"……글쎄요. 집이 알아주는 자산가니까 뭐 괜찮겠죠."

부모님의 대화를 들으며 은우는 말없이 수저를 들었다. 어려서부터 은우는 책을 많이 읽어 통찰력이 좋았다. 그 짧은 대화만으로도 은우는 많은 것을 알 수 있었다. 엄마는 지수 지영 자매의 어머니와 친구였고, 자매의 집안은 꽤 유복하며, 아버지는 이혼해서 떠났다. 은우가 수저를 내려놓으며 조용히 입을 열었다.

"잘 먹었습니다."

"벌써? 그래 들어가 쉬어라."

은우의 엄마가 미소를 지으며 말했다. 은우가 고개를 끄덕인 뒤 자기 방으로 향하려는데, 은우의 뒤로 엄마가 묻는 게 들렸다.

"그런데 은우야. 이번에 전학 온 애들 있지? 걔들 어떻디?"

"네? 뭐가요?"

은우가 고개를 돌리며 되물었다. 질문이 좀 이상해서였다. 엄마의 목소리는 부드러웠지만, 표정은 조금 굳어 보였다.

"아니…… 성격이나 적응하는 거 이런 거……."

"아. 지수는 털털하고 지영이는 조용해요."

"……그렇구나. 알았어."

은우의 대답에 엄마가 대충 답했다. 무표정한 얼굴로 식탁 위 빈 그릇을 치우는 엄마를 보며, 은우는 뭔가 이상한 기분을 느꼈다.

#

중학교에 와서도, 그리고 고등학교에 와서도 은우는 지수 지영 자매와 같은 반이 되었다. 여전히 지수는 반장을 맡을 정도로 활달했다. 그리고 지영 역시 조용한 건 마찬가지였다. 마침 지영의 자리는 은우와 가까워서, 은우는 때때로 가만히 그런 지영을 관찰했다. 자신과 비슷한 아이. 관심이 생기기 마련이었다.

"야 박은우. 끝나고 뭐 하냐?"

"나? 집에 가지."

"오늘 밥이나 먹고 가라. 니 얘기 했더니 엄마가 식사 초대하래."

지수가 방과 후 은우를 찾아와 대뜸 식사에 초대했다. 바로 답하기 뭐해서 말없이 서 있는 은우를 보며, 지수가 다시 말을 꺼냈다.

"싫어? 그거 싫다는 표정 아니냐?"

"……아니 싫은 게 아니고 부담돼서……."

"지랄. 뭔 부담. 밥 먹는 게 왜 부담? 야. 너는 덩치도 산만 한 게 왜 그리 소심해?"

"소심하지 않거든?"

"우리 처음 만났을 때처럼 가 처음처럼. 그때 박력 있었어 너."

"……."

지수 옆에 있던 지영이 살짝 은우의 눈을 쳐다보았다. 지영도 바라는 눈치 같았다. 은우가 한숨을 내쉬며 말했다.

"집에 말해 볼게."

"하 진짜 모시기 힘든 분이네."

은우는 엄마에게 연락했지만, 전화를 받지 않았다. 일이 바쁜 모양이라 아빠에게 전화를 걸었다.

「먹고 와라.」

"네."

「안부 좀 전하고. 아빠랑 엄마 다 미선이랑 어릴 때부터 알던 사이라……. 나중에 얼굴이라도 보자고 한다고.」

"네. 그럴게요."

은우가 통화를 마친 뒤 지수를 바라보았다.

"오케이! 고 홈!"

지수가 은우의 어깨를 툭 치더니, 그대로 몸을 돌려 걸었다. 은우가 그런 지수의 뒤를 따라가는 동안, 지영이 흘깃 은우를 쳐다보았다. 또 은우의 눈을 봤다. 은우는 애써 모르는 척 시선을 피했다. 지영이는 은연 자주 은우의 눈을 쳐다봤다. 아마도 은우가 자신을 관찰하는 것도 알지 모른다.

둘의 집은 한눈에 봐도 으리으리한 저택이었다. 대문을 열자 넓은 정원이 보였다. 지수가 갑자기 어디론가 뛰어갔다. 아담하게 꾸며 놓은 개집이 보였다. 작은 강아지 한 마리가 꼬리를 흔들며 그런 지수를 반겼다.

"쮸! 보고 싶었지!"

멀뚱히 서 있는 은우에게, 지영이 슬며시 다가왔다.

"……가자."

"아. 어."

오랜만에 듣는 지영의 목소리다. 지수가 강아지를 쓰다듬는 동안, 은우는 지영을 따라 현관 쪽으로 향했다. 조금 이상했다. 지수와는 달리 지영은 강아지에게 별 관심이 없어 보였다. 둘이 키우는 개가 아닌, 언니인 지수가 키우는 개라고 생각하는 걸까. 공유하는 점이 많다는 게 쌍둥이들의 특징이라고 하지만 속내는 모르는 일이다. 강아지와 놀던 지수가 달려오자 지영이 문을 열려다 말고 살짝 몸을 피했다. 지수가 손잡이를 잡고 벌컥 문을 열었다.

"엄마! 나 왔어! 은우 데려왔어!"

"……."

지수가 안으로 들어서며 외치는 동안, 지영이 가만히 뒤를 따라 들어섰다. 들어가기 전에도 또, 은우를 살짝 쳐다보았다. 어서 오라고 하는 느낌이라, 은우는 자기도 모르게 살짝 미소를 올렸다. 고급 소파에는 두 사람의 어머니가 등을 돌리고 앉아 있었다. 어머님이 고개를 돌렸다. 아름다운 사람이었다.

"왔니? 네가 은우구나. 반가워요."

"아 네. 안녕하세요."

"애들한테 말은 많이 들었어. 잘 챙겨 주는 친구라고."

"……아닙니다. 제가 뭐 하는 것도 없는데요."

"겸손하네. 일단 쉬고 있어요. 저녁 준비할 테니까."

지수가 은우의 팔을 붙잡고 경쾌한 목소리로 말했다.

"너 게임 잘하냐?"

"게임?"

"기다리는 동안 게임 한 판 하자고."

지수가 막무가내로 은우를 끌었다. 은우가 지수에게 끌려가는 뒤로, 지영도 조용히 따라왔다.

#

일반적인 저녁 식사라고 치기엔 성대한 자리였다. 은우가 연신 수저와 젓가락을 들었다. 지켜보던 지수 지영의 어머님이 미소를 띠며 그런 은우를 바라봤다.

"……아빠 어릴 때랑 똑같이 잘 먹네?"

"……아."

은우가 우물거리다 말고 멈칫했다. 어머님이 얼른 계속 먹으라며 손짓했다. 지수가 놀란 눈으로 어머님을 보며 물었다.

"어? 엄마 은우네 아버님 알아?"

"응. 우리 여기 토박이였으니까. 어릴 때 학교도 같이 다녔지."

"그 아버지가 안부 좀 전하라고 하셨어요."

그제야 아버지의 말이 생각난 은우가 조심스레 말했다.

"나중에 얼굴이라도 한번 보자고요."

"어머…… 기억해 주니 좋네. 어머니도 잘 계시고?"

"……네."

"은우 어머니랑도 친구였어. 둘이 사귀고 결혼한다는 거 알고 진짜 깜짝 놀랐거든?"

"아, 네."

어머님이 은우를 지그시 쳐다봤다. 어릴 때 기억을 떠올리는 모양이다.

"어쩜 이렇게 똑 닮았을까."

어머님이 작게 중얼거렸다. 은우는 갑자기 이 자리가 부담되기 시작했다.

은우는 식사를 마친 뒤 그릇을 치우려 했다. 어머님이 그런 은우를 말렸다.

"내가 할 게 내가. 좀 쉬어요."

"괜찮습니다. 학원도 가야 하고 그래서……."

거짓말이었다. 은우는 학원에 다니지 않았다. 하지만, 집에 빨리 가고 싶었다. 어머님이 아쉽다는 표정으로 고개를 끄덕였다.

"그래? 그러면 어쩔 수 없네. 다음에 또 초대할 테니까…… 우리 애들 잘 부탁해요."

"야 그냥 학원 빠져."

지수가 툴툴댔지만 은우가 고개를 흔들었다. 시선이 느껴져 보니, 지영이 은우를 쳐다보고 있었다. 아쉽다는 눈빛이었다. 은우가 머리를 긁적이며 머뭇거리다가 말했다.

"잘 먹었습니다."

"입에 좀 맞았나 몰라. 참, 아버지랑 어머니한테도 조만간 보자고 전해 줘요. 안 본 지 오래되긴 했어."

"……네 알겠습니다."

"은우 참 진지하구나. 가정 교육을 잘 받았나 봐."

둘의 어머님이 은우를 보며 말을 이었다.

"……어머니한테."

"가, 감사합니다!"

은우가 인사한 뒤 가방을 둘러메고 문으로 향했다. 지수가 그런 은우 곁에 따라와 말했다.

"배웅해 줄게."

"안 그래도 돼."

"왜? 내 맘이거든?"

"……."

지수는 항상 이런 식이었다. 좋게 말하면 자신감 넘치고, 나쁘게 말하면 안하무인이다. 은우는 다시 한번 고개 숙여 인사를 건넸다. 고개를 올리자 지영이 가만히 서서 지켜보는 게 보였다. 은우가 살짝, 손을 들어 흔들었다. 지영의 손이 움찔했지만, 곧 얌전해졌다. 보고 있던 지수가 은우의 어깨를 툭 쳤다.

"안 가?"

"어. 가자."

지수와 은우 둘은 정원을 따라 걸었다. 뱅글뱅글 돌고 뛰노는 강아지를 보며 은우가 문득 물었다.

"강아지 이름이 쮸야?"

"응. 쮸. 내가 지어 줬다."

"지영이도 쮸 좋아하나?"

"아니. 왜?"

지수가 고개를 틀어 은우를 쳐다보며 답했다. 아니라는 대답이 바로 튀어나와, 은우가 말을 잇지 못했다.

"쮸는 내 강아진데? 지영이랑 뭔 상관이야?"

"……아니 보통 강아지는 집에서 다 같이 키우잖아."

"다른 집은 그래? 그럼 모두의 소유야?"

소유라고? 지수의 반응이 이상해서 은우는 더 물어보려다 말았다. 뭔가 좀 이상했다.

대문을 나서는 은우의 뒤로, 지수가 웃으며 큰 소리로
말했다.

　"잘 가라! 내일 보자!"

　"응."

　지수, 지영, 그리고 둘의 어머니. 서로 닮았지만 닮지 않
은, 모순과도 같은 이들이었다.

#

　집에 돌아오니, 엄마가 기다리고 있었다. 은우가 들어오
는 걸 보자마자, 엄마가 굳은 표정으로 말했다.

　"……미선이네 다녀왔어?"

　"아, 아빠가 말했어요?"

　"그래. 식사 초대받았다며."

　엄마의 표정이 심상치 않아서 은우는 가만히 방으로 향
했다. 그런 은우의 귀에 목소리가 들렸다.

　"잠깐 물어볼 게 있다."

　"아, 네. 엄마."

　"뭐라고 말 안 걸었어? 엄마나 아빠 얘기 안 꺼내디?"

　엄마의 목소리가 낮게 깔렸다.

　"토박이여서 다 잘 안다고요. 엄마랑 친했다고……."

"하."

어이가 없다는 헛웃음이었다. 은우가 조금 놀란 눈으로 엄마를 쳐다보았다.

"가식 떨기는……. 또 당할 줄 알아?"

"엄마……."

"내 말 잘 들어. 앞으로 미선이네랑 엮이지 마. 초대해도 가지 마. 쌍둥이들도 너무 친하게 지내지 마."

그동안 보지 못한 눈빛과 듣지 못한 목소리였다. 지금 엄마는 매우 화가 나 있었다.

"너는 모르겠지만 나는 잘 알아. 아니, 네 아빠도 모를 거야. 걔가 어떤 앤지."

"……."

"우리랑 달라, 애초에. 뭔가 뒤틀려 있어 걔는. 엮이면 안 돼. 알았지?"

"……네."

"그래."

엄마가 한숨을 내쉬더니 몸을 돌렸다.

방으로 들어온 은우가 엄마의 말을 곱씹어 보았다. 뒤틀려 있다. 식사 초대 때도 묘한 인상이 있었다. 그리고 그동안 몰랐던 지수의 행동. 아니 생각. 소유? 이 강아지는 오직 자신의 소유라고 말하는 태도였다. 지영이는 어떤가.

지수와는 달라도 너무 달라서 거의 말을 하지 않는다. 실어증에 걸린 것처럼. 오직 눈빛으로 의사 표시를 할 뿐이다. 지수 지영의 집은 가만히 있다 보면 조금씩 숨이 막히는 느낌이었다. 혹시 그래서 둘의 아버지도 이혼한 걸까.

생각이 너무 많아져 은우가 고개를 흔들었다. 어차피 안볼 애들이 아니니까. 잘 알지도 못하는데 오해는 금물이었다. 엄마와 둘의 어머님의 관계가 어땠는지는 모르지만 지금 은우에게 지수와 지영은 친구였다. 괜히 남의 말을 듣고 편견을 가지긴 싫었다. 학창 시절 친했다가 틀어지는 경우는 많다. 엄마도 그랬을 거고, 그래서 배신감을 느낀 기억을 떠올린 걸지도 모른다. 오랫동안 보지 못했으니 오해를 풀 기회도 적었을 테지. 그렇게 생각하니 마음이 차분해졌다. 적어도 중요한 것은, 지수와 지영 모두 은우에게 잘 대해 준다는 사실이었다.

그날 밤, 거실에서 엄마와 아빠가 다투는 소리가 들렸다. 자려고 누웠던 은우가 방문 쪽으로 다가가 가만히 귀를 기울였다. 좀처럼 듣기 힘들었던, 엄마의 고성이었다.

"나한테 허락을 받았어야죠!"

"아니 애들 친해서 식사 초대받은 건데 그걸 왜 허락을 받아?"

"초대한 사람이 미선이잖아요!"

"당신 왜 그래 진짜. 둘이 그렇게 친했었는데 무슨 일이라도 있었어?"

"……당신은 몰라요. 걔가 어떤 앤지……."

몰래 듣고 있는 은우의 심장이 두근거렸다.

"미선이 착하고 조용했잖아. 사고도 한 번 안 치고. 친구였던 당신이 더 잘 알지 않아?"

"친구 아니라고요."

단호한 대답이었다. 은우가 침을 꿀꺽 삼켰다.

"솔직히 다 말해 줄까요? 미선이가 당신 좋아한 거 알아요?"

"뭐, 뭐? 나를?"

당황하는 아빠의 말소리가 들렸다.

"당신이랑 나랑 사귀는 거 빤히 알면서도 그런 거 전혀 신경 안 썼어요. 거기다 우리는 절친이었는데. 걔는 이상한 소유욕이 있었어요. 그냥 다른 사람들하고 달랐다고요! 사람들 간의 관계, 주변의 눈 이런 개념이 없어요. 오직 뒤틀린 소유욕만 가득했다고요!"

"……너무 흥분하는 거 아냐? 일단 진정해 봐……."

"날 죽이려 했다고요!"

엄마의 말을 듣는 순간, 은우가 놀라 소리를 내어 버렸다. 엄마와 아빠의 대화가 끊기더니 조용해졌다. 은우가 서둘러 침대로 향해 누웠다. 잠시 후, 발소리가 들렸다. 그리고 문을 두드리는 소리도.

"……은우야. 자?"

엄마의 목소리가 들렸다. 은우는 대답하지 않고 자는 척을 했다. 문이 슬며시 열렸다. 눈을 감고 은우가 몸을 뒤척였다. 지켜보고 있는 거다. 잠시 뒤, 느껴지던 시선이 사라졌다. 문이 닫히는 소리가 들렸다. 두근거리는 가슴을 진정하며 은우가 조심스레 다시 방문 쪽으로 향했다. 두 분의 대화가 다시 들려왔다.

"죽이려 했다니 그게 뭔 소리야?"

"……어차피 말 꺼낸 김에 다 털어놓을게요. 당신을 소유하겠다고 날 처리하려고 했어요. 물론 대놓고는 아니지만."

"너무 깊게 생각하는 거 아니야?"

"아뇨. 그 분위기가 있어요. 특유의. 언제 어디서든 호시탐탐 기회만 엿보고 있는. 본능적으로 알아요. 근데 알아요? 겉으로는 계속 친한 척해요. 걔는…… 뭔가 미쳤어요."

"여보…… 일단 진정하자. 내가 사과할게."

"내가 이상하다고 생각해요? 돌아온 이유가 남편의 외도라고? 웃기지 말라고 해요. 남편이 질식할까 봐 도망친 거지."

"아니. 지금 너무 흥분한 것 같아 걱정돼서 그래. 중요
한 건 지금 나랑 잘 살고 있다는 거잖아. 응?"

아빠가 부드럽게 말리자 엄마도 진정하는 것 같았다. 엄
마가 울음을 터트렸다. 대화는 끊겼다. 은우는 다시 침대
로 올라갔다. 잠이 오지를 않았다. 뒤틀린 소유 욕구라. 많
은 생각들이 떠올랐지만 하나같이 기분 나쁜 추측들뿐이
었다. 은우는 눈살을 찌푸렸다.

#

지수가 죽은 지 며칠이 지나, 지영이 학교로 돌아왔다.
은우는 지영을 보면 뭐라고 말을 해야 할지 떠오르지 않
았다. 지영은 너무도 조용히 지내서 친구라고는 은우가
유일했기에 다들 은우만 보고 있었다. 선생님도 마찬가지
였다.

오후가 다 되어서야, 수척한 얼굴의 지영이 조용히 교실
에 들어섰다. 반의 공기가 너무 무겁고 탁해서 창을 다 열
고 환기를 시키고 싶을 정도였다. 지영이 멈칫하더니 지
수의 책상 위에 놓인 국화꽃을 바라보았다. 잠깐 지켜보
던 지영이 시선을 돌려 자신의 자리로 향했다. 천천히 걷

는 지수의 모습을 반 아이들 모두 조용히 지켜봤다. 지영이 자리에 앉았다. 은우가 머뭇거리다가, 조심스레 말을 걸었다.

"괜찮아?"

"……."

지영이 고개를 돌려 은우를 바라보았다. 은우가 엷은 미소를 지었다. 지영도 마찬가지였다. 말하지 않아도 알았다. 그대로, 지영이 고개를 다시 돌려 숙였다. 눈을 보지 않았다. 항상 눈을 봤었는데. 은우도 더는 말을 걸지 않았다. 충격이 커서 그런 건지도 몰랐다. 몇 시간이 지나면 수업이 끝난다.

쉬는 시간, 담임 선생님이 은우를 따로 불러 부탁했다.

"……끝나면 지영이 바래다주렴. 어머님 부탁도 있었고……. 지수 지영이랑 제일 친했던 게 너니까."

"네."

방과 후 은우는 지영이와 같이 하교했다. 지영이는 별말이 없었다. 여전했다. 그저 고개만 푹 숙이고 걸을 뿐이었다. 굳이 말을 거는 것도 이상하다 싶어 은우 역시 똑같이 묵묵히 걸었다. 지수의 장례식은 아빠와 조문을 다녀왔었다. 상황이 상황인 만큼 엄마도 말리지는 않았지만, 그래도 엄마는 가지 않겠다고 했다. 슬피 우는 지수 어머님을 아빠는 위로해 주었고, 은우는 지영을 위로했다. 그냥 슬픔에 잠긴 평범한 모녀의 모습이었다. 엄마가 말했던 뒤틀린 모습이 아니라.

한참 걷다 보니 어느새 집에 도착했다. 대문을 열기 전 지영이 은우를 보며 입을 열었다.

"……들어와. 엄마도 모처럼 너 보고 싶어 하거든."

"어? 아……."

갑자기 들린 지영의 목소리에 은우가 놀라 쳐다보자, 지영이 시선을 피해 고개를 숙였다. 눈을 보려 하지 않았다.

"……하지만……."

지영이 은우의 팔을 잡았다. 슬픈 목소리로 지영이 속삭였다.

"힘들어서…… 그래……."

"……."

은우가 어쩔 수 없이 지영을 따라 안으로 들어섰다. 지영이 이렇게 말을 많이 하는 걸 본 건 처음이었다. 그만큼 절박한 걸까. 저 멀리로 개집이 보였다. 쮸라고 불렸던 강아지는 그새 덩치가 커졌다. 쮸가 꼬리를 흔들며 지영에게 달려왔다. 잠깐 멈춘 지영이 가만히 쮸를 쓰다듬어 주었다. 친해진 건가? 은우가 의아한 얼굴로 생각했다. 지수가 떠나서 지영이 챙겨 주기로 한 건가? 은우가 자기도 모르게 중얼거렸다.

"지수가 자기 소유라고 했는데…….."

"맞아."

지영이 아무렇지 않게 답했다. 은우의 머릿속은 헝클어졌다. 맞다는 게 뭔 뜻이지? 소유가 바뀌었다는 뜻인가? 아니, 왜 나는 자꾸 소유라는 단어에 집착하는 걸까. 지영이 갑자기 걸음을 멈췄다. 은우도 멈췄다. 그제야, 지영이 은우의 두 눈을 똑바로 바라보았다.

"나랑 언니 중에 누굴 더 좋아했어?"

"뭐?"

눈빛이 달랐다. 은우의 눈이 커지는 걸 보면서, 지영이 무표정한 얼굴로 말했다.

"내가 모를 줄 알았어?"

"……지금 그게 무슨 소리야."

"너, 언니보다 날 더 좋아했잖아."

"……좋아한다니 난 그런 감정은…….."

"왜. 우리 눈빛만으로도 뭘 말하는지 다 알 정도였는데."

쮸가 지영의 다리 주변을 맴돌며 연실 꼬리를 흔들었다. 은우의 표정이 서서히 굳어지기 시작했다. 설마. 은우의 표정을 본 지영이 은우의 어깨를 툭 쳤다.

"와. 진짜 너는 못 속이겠다."

뭔가에 홀린 듯 은우는 지영의 눈을 쳐다보았다. 항상 봤던 그 눈빛이 아니었다. 지영이 미소를 올리며 은우에게 말했다.

"다들 몰랐는데. 너는 못 속이겠어. 어차피 그럴 바에 그냥 다 까지 뭐."

"······너······."

"맞아. 나 지수야."

경악에 일그러진 은우를 보며 지영, 아니 지수가 허심탄회한 말투로 말을 이었다.

"나 너 처음 봤을 때부터 가지고 싶었거든. 근데 지영이랑 더 통하는 거 같더라고. 둘이 비슷해서 그랬나. 얼마 전에 지영이가 너 소유하고 싶다고 말을 꺼냈어. 그래서 그냥 죽여 버렸어. 자살로 위장해서. 그리고 지영이처럼 행동하며 널 가지려 했는데, 일부러 눈도 안 보고. 와 근데 바로 들켜 버렸네."

"무슨 말을 하는 거야······."

"이렇게 솔직히 말을 하는 이유가 있어. 넌 나를 벗어나지 못해."

지수가 은우의 팔을 잡아끌며 걸었다. 은우가 멍한 얼굴

로 따라갔다. 현관을 열자, 소파에 축 늘어져 있는 지수의
어머님이 보였다.

"엄마가 말야. 그러더라고. 다시 가지고 싶어졌다고."

"뭐…… 뭐를……."

"네 아빠."

은우가 놀라 그대로 주저앉았다. 지수가 그대로 소파 쪽
으로 걸어가더니, 어머님의 뺨을 툭툭 쳤다.

"뻗었네."

"……무슨…… 짓이야 지금……."

"엄마가 네 아빠를 소유하려면 은우 너희 어머니가 방
해되잖아. 분명 죽일 거야. 그리고 네 아빠를 가지면 나는
너를 못 가지지. 엄마가 방해되거든. 지영이처럼. 그래서
죽였어. 딸의 죽음에 충격이 너무 큰 나머지 버티지 못하
고 약물로 자살."

지수의 입에서 나오는 말들은 하나같이 은우에게 버티
기 힘든 충격을 주었다. 창백한 표정을 한 은우의 귓가에
대고, 지수가 나지막이 속삭였다.

"그러니까 내가 네 엄마를 살린 거야. 그러니 넌 내 거
야. 널 가지려고 지영이랑 엄마를 죽였다고. 우리 집은 각
자의 것은 각자가 소유하는 게 원칙이거든. 공유 안 하고.
그리고 죽은 이들의 것은 다 내 소유지."

바닥에 드러누운 은우 곁에, 지수도 천천히 따라 누웠다. 나란히 누워 있는 둘의 표정은 전혀 달랐다.

"……지영이 좋아했던 거 아니지? 그러면 좀 기분이 나쁜데. 내가 먼저 점찍었는데. 앞으로 잘 부탁해. 지영이보다 내가 훨씬 나을 거야. 어차피 우리 똑같이 생겼고, 성격은 내가 더 좋잖아? 다들 지영이보다 날 좋아했었어. 너도 그럴 거야 적응하면. 참, 그리고 내 돈 다 니 거야. 결혼하면 이 집도 자산도 모두. 괜찮지? 그러니 잘 생각하고 선택해. 나는 무슨 짓이라도 할 생각이니까."

지수가 누운 채로 머리를 틀어, 은우를 보더니 차분한 목소리로 말했다.

"넌 이제 내 소유야."

절대 엮이면 안 된다던 엄마의 말.
은우의 머릿속은 온통 그때 들었던 엄마의 경고뿐이었다.

남자 친구의 SNS

어느새 점심시간이 가까워졌다.

사내용 메신저로 새 메시지가 날아왔다. 입사 동기이자
친구인 소연이었다.

– 구내식당 메뉴 개판 밖에서 먹자

간단하게 답장한 뒤 힐끗, 스마트폰 화면 위 시간을 확
인했다. 내가 자리에서 일어서자 옆에 앉아 있던 박정현
대리가 넌지시 말을 던졌다.

"유진 씨 구내식당 가실 거죠?"

"아뇨. 밖에서 먹을 거예요."

뭔가 아쉬워하는 기색이 눈에 띄게 보였지만 내색하지

않았다. 고개를 올려 저만치 보니 소연이도 일어서서 밖을 가리키는 게 보였다. 사무실을 나서자마자 소연이가 부리나케 달려왔다.

"파스타?"

"뭔 면이야 점심에. 그냥 김치찌개나 먹으러 가."

"……차라리 돈가스를 먹겠다."

소연이 툴툴댔다. 회사 건물 주변에는 식당이 별로 없었기에 후보는 한정적이었다. 입맛이 무던한 내가 그래도 나와 준 게 기뻤는지 소연이 같이 걸으며 실없는 웃음을 지었다.

"실은 내가 재밌는 걸 하나 발견했는데……."

"애가 왜 이렇게 히죽거려?"

"야. 일부러 밖에서 먹자고 한 거야. 이거 땜에."

오늘따라 소연의 행동이 유달리 수상했다. 돈가스집에 들어가서 주문하고, 식사를 기다리는 동안에도 소연이는 실실 웃었다. 참지 못한 내가 소연을 보고 인상을 확 썼다.

"뭔데 그래. 빨리 말해 봐."

"크크큭…… 너 아주 대단한 애다 야?"

"뭔 소리야?"

돈가스 접시가 도착했다. 소연이가 스마트폰을 들더니, 화면을 보여 주었다. 화면에는 사진이나 일상 영상을 올리는 것으로 유명한 SNS가 떠 있었다. 계정에는 사진들이 가득했다.

"독하다 독해. 절친도 깜박 속이냐?"

소연의 짓궂은 농담에도 나는 대답할 수 없었다. 그저 멍하니 화면을 보면서 천천히, 스크롤을 했다. 사진에는 집 안의 소품이나 냉장고 등이 보였고, 그에 걸맞게 다정한 멘트를 손 글씨로 적은 접착 메모지들이 있었다.

냉장고에는.

피곤해도 밥은 거르지 말기. 매일매일 먹고 싶은 음식 하나는 생각해 놔.

책상 위에 올려진 커피에는.

자기 전에 커피는 노노! 물이나 우유를 따뜻하게 데워서요.

고급스러운 향초 옆에도.

나쁜 꿈 꾸면 안 되니까 자기 전엔 10분씩이라도 켜 놔. 창문은 꼭 열어 놓고.

침대 위 베개 곁에도.

잠이 정 안 오면 널 안고 있는 나를 생각해. 그러면 포근해서 잠이
올 거야.

맨 위로 올려 SNS 계정주의 이름을 확인했다.

유진이남친.

"아악!"

나도 모르게 소리를 지르며 스마트폰을 떨구었다. 주변
사람들이 쳐다볼 정도였다. 깜짝 놀란 소연이 걱정스러운
눈빛으로 나를 봤다.

"야…… 왜 그래? 들켜서 그래? 니 남친?"

"……이게 뭐야……."

"뭘 뭐야 니 남친 SNS지. 나도 우연히 발견했어. 아니
너 어쩜 나까지 속이냐? 남친 없는 척?"

"왜…… 내 방 물건들이랑…… 가구가 찍혀 있는 거야?"

"아 니 남친이니까 니네 집에도 가고…… 유진아. 너 상
태 왜 그래?"

몸을 떠는 나를 보며 소연이 말을 하다 말고 멈췄다. 식
사도 하지 않고 나는 곧바로 자리에서 일어섰다. 소연이
의아한 눈길로 나를 바라보았다.

"아니 숨겨 왔던 남친 들킨 게 그렇게 충격이야?"

"⋯⋯나가자."

떨리는 목소리로 말하자 소연이 눈을 동그랗게 떴다. 내가 짐을 챙기자 소연이 당황하며 같이 자리에서 일어섰다.

"뭐, 뭐가? 아니 시킨 건 먹어야지 갑자기 어디 가려고?"

"경찰서."

"경찰서?"

곧바로 카운터로 향해 계산하는 내 모습을 식당 안 사람들이 지켜보며 수군댔다. 소연이 허둥지둥 내 뒤를 따랐다. 식당 밖으로 나서는 나를 붙잡은 소연이 물었다.

"상황을 설명해 봐."

"없어."

"아니 뭐가 없는데?"

내가 소연을 향해 고개를 돌렸다. 내 표정이 심상치 않았는지, 소연의 표정도 급격하게 굳어졌다. 여전히 입술에서 새어 나오는 내 목소리는 심히 떨렸다.

"남자 친구 없다고. 근데⋯⋯ 이 사진 속 배경들⋯⋯ 다 내 방이야."

"······음 이게 계정주를 찾는 건 좀 힘들어요······. 개인 정보 요청인데, 아무래도 외국계 계열 회사라서······. 절차가 복잡합니다."

"그럼 뭘 어떻게 해야 하나요? 이거 분명 집에 침입한 증거잖아요!"

흥분한 나머지 목소리 끝이 갈라졌다. 턱을 괴고 있던 형사가 뭔가를 생각하더니, 역시나 하고 고개를 절레절레 저었다.

"물론 피해자분 심정은 잘 아는데 확실한 물적 증거가 필요해요. 예를 들면 침입한 흔적이 기록된 영상이라든가?"

"지금 저도 모르는 미친놈이 제 방에 들어와서 멋대로 메모 남기고, 사진 찍고, 그걸로 제 남자 친구 행세를 하는데 저보고 다시 집에 들어가라는 말씀이세요?"

난처한 표정으로 형사가 소연을 힐끔 쳐다보자, 소연이 격앙된 나를 진정시키고자 조용히 말을 건넸다.

"······일단 돌아가자. 지금 점심시간 지나서 회사에서도 연락 올 거고. 당분간 우리 집에서 지내면 되니까 응? 이 새끼 계정은 바로 신고했어. 금방 내려갈 거니 걱정하지 말고."

"소연아…… 나…… 너무 무서워……."

흐느끼는 나를 안으며 소연이 다독였다. 분위기가 어색한지 형사가 몇 번 헛기침하더니, 명함을 건네주었다.

"집을 그대로 방치하지는 마시고요. 제 말대로 물증 확보에 힘써야 하니까…… 그 감지 센서 달린 IP 카메라 같은 걸 설치해 보세요. 일단 영상만 찍히면 수사 들어가게요."

"네. 참, 일단 미친놈 계정 주소예요. 신고했으니 내려가겠지만 나중에라도 필요할지 몰라서."

"감사합니다. 친구분이 딱 부러지시네."

아무 말 못 하는 나를 대신해 소연이 대답해 주었다. 소연의 품 안이 따뜻해서 조금씩 진정이 되어 갔다. 돌아가면서 고개를 돌려 보니, 형사가 태연하게 키보드를 두드리는 게 보였다. 그저 모든 게 관심 없는 표정이다. 소연이 내 팔을 꾹 움켜쥐며 속삭였다.

"맞는 말 했잖아. 증거만 확보하면 되니까."

"……센서 카메라 그런 거 잘 모른다고."

"나도 잘 몰라. 물어보면 되지. 전문가한테."

"전문가 누구?"

"박 대리님. 물론 지금 일들은 비밀로 하고. 내가 넌지시 물어볼게."

소연이 미리 연락해 둔 택시가 서 있는 게 보였다. 나와 달리 소연은 냉정하고 행동이 빨랐다. 회사까지 가는 내 내 눈물이 멈추지 않았다. 소연은 계속 스마트폰으로 내 남자 친구를 사칭하는 계정의 사진들을 유심히 살펴봤다. 도착하자마자, 나와 소연은 사무실로 빠르게 뛰었다. 사무실에 들어서자마자 인상을 쓰며 쳐다보는 팀장님의 모습이 눈에 들어왔다. 뭐라고 한 마디 하려고 준비했는지 입을 열려던 팀장님이 충격에 빠진 내 모습과 허리를 꾸벅 숙이는 소연의 행동을 보더니 다시 다물었다.

"유진이가 갑자기 급체해서요……. 병원 가서 치료받고 왔어요. 미리 연락 못 드려 죄송합니다."

"……."

소연이가 내 자리까지 나를 부축해 주었다. 자리에 앉은 내가 깊은 한숨을 내쉬며 멍하니 있자 팀장님이 내게 말을 건넸다.

"유진 씨. 몸 안 좋으면 반차 써도 돼."

"……아닙니다. 감사합니다. 좀 쉬면 돼요."

집에는 죽어도 돌아가기 싫었다. 팀장님이 안쓰러운 표정으로 자리로 돌아갔다. 눈길이 느껴져 고개를 돌려 보니 박정현 대리가 심각한 얼굴로 보고 있었다.

"괜찮아요? 되게 안 좋아 보이는데……."

"아 네. 괜찮아요. 감사합니다."

"……뭐 도와 드릴 거 있으면 말씀하세요."

평소라면 웃으며 넘길 수 있는 상황이었겠지만, 오늘따라 몹시 예민해진 상태라 나는 그냥 답하지 않고 고개를 돌려 버렸다. 분위기를 파악했는지 박 대리도 더는 말을 걸지 않는다. 한동안 얼이 빠진 얼굴로 모니터만 쳐다보던 나는 다시 그 SNS 계정을 확인해 보려 했다. 스마트폰으로 접속해 보니, 계정이 보이지 않았다. 소연이 신고했다더니 빨리 대처한 모양이다. 계정이 사라진 걸 보니 조금은 가빴던 호흡이 돌아왔다.

"후……."

슬쩍 옆의 박 대리를 보니 모니터를 보며 뭔가 열심히 키보드를 두드리고 있었다. 사내 메신저로 소연에게 메시지를 보냈다.

– 미친놈 계정 내려갔어

잠시 후 답장이 날아왔다.

– 잠만

초조한 마음에 일이 손에 잡히지 않았다. 새 메시지 알람이 떠 보니 소연이었다.

– 박 대리님이랑 채팅함. 그거 물어보려고. 고양이 키우는데 혼자 두기 걱정돼서 웅웅 핑계 대고. 그러니까 몇 가지 모델들 소개해 주더라. 설치 그렇게 안 어려운 거 같으니까 걱정 마.
– ○○ 고마워

눈을 꼭 감았다.
예전에 스트레스를 받아 걸렸던 이석증 증상처럼, 머릿속이 빙글빙글 돌아가고 있었다.

#

다음 날 나와 소연은 같이 연차를 잡았다. 낮에 내 집에 들어가서 필수품 등을 챙기고 IP 카메라까지 설치하고 나올 심산이었다. 소연이 둘러멘 가방을 가리키며 씩 웃었다.
"이거, 혹시 몰라서 집에서 설치하고 작동도 확인했다?"
"……고마워 진짜."
"너는 형광등도 못 갈잖아. 너 이렇게 충격받은 것도 뭐 내 책임이니……."

미안한 표정으로 말꼬리를 흐리는 소연을 보며 나는 강하게 부정했다. 지금 기댈 수 있는 사람은 소연이밖에 없었다.

"무슨 소리야 그게. 너 아니었으면 그 미친놈이 계속 내 남자 친구인 척 나댔을 거 아냐. 생각만 해도 끔찍해."

"……고맙다 야."

소연이 멋쩍게 웃었다. 혹시 몰라 준비한 주머니 속 호신용품을 계속 만지작거리며 내 원룸이 위치한 건물 입구 앞에 섰다. 본능적으로 걸음이 딱, 입구 앞에서 멈췄다. 오래된 낡은 건물이다. 건물을 넌지시 훑은 소연이 당연히 아니겠지 하는 표정으로 중얼거렸다.

"……건물 CCTV 같은 건 없겠지……."

"없대. 물어보니까."

"참…… 이런 데서 살려면 만반의 준비를 해야 한다니까? 그래서 요즘 막 상품도 팔고 그러더만. CCTV 약정 걸고."

"너는 그런 거 되게 잘 안다?"

"야. 나도 혼자 살잖아. 요즘 세상에 혼자 사는 여자들이 얼마나 위험한데."

소연의 눈빛이 진지해졌다. 내 원룸은 건물 2층이었다. 계단을 오르며 소연이 신호를 주었다. 내가 주머니에서 호신용품을 꺼내자, 소연도 가방에서 삼단봉을 꺼냈다. 촥

펼친 삼단봉을 들고 소연이 긴장을 풀 겸 농담을 던졌다.

"차라리 그 새끼가 지금 여기 있으면 좋겠다. 대가리 깨 버리게."

"……농담이라도 그런 말은 하지 마."

달랑 손잡이만 있는 현관문을 보며 소연이 혀를 찼다.

"근데 너 안전 불감증이야. 도어락이라도 하나 달았어야지."

"맞아. 지금 엄청 후회하고 있어……."

"에효. 담부터는 신경 쓰자?"

소연이 경계하는 동안, 나는 열쇠로 현관 잠금 장치를 풀었다. 소연이 귀를 기울여 인기척이 있는지 확인했다. 소연의 표정을 보건대 인기척은 없는 것 같았다. 그래도 혹시 몰라, 일단 열쇠만 돌리고 잠깐 대기했다. 소연이 뒤로 물러나라고 손짓을 해 살짝 물러섰다. 퉁. 소연이 삼단봉으로 현관문을 가볍게 두드렸다. 퉁퉁퉁. 잠깐 기다려 보던 소연이 나를 보며 말했다.

"없는 거 같으니까 문 니가 열어. 내가 이거 들고 대기하고 있을게."

나는 소연의 말대로 현관 손잡이를 잡고 돌렸다. 그리고, 그대로 문을 힘껏 열었다. 바짝 긴장한 우리 둘의 눈앞에 보이는 건, 엊그제 출근하기 전의 내 방 모습 그대로였다. 심장이 두근거리기 시작했다. 그 SNS를 본 순간부터 이 시도 때도 없이 도지는 두근거림은 계속됐다.

소연이 괜히 삼단봉을 휘휘 휘저으며 방 안으로 들어섰다. 대뜸 침대 위로 올라간 소연이 방방 뛰었다. 아마도, 침대 밑에 숨어 있을지도 모른다는 생각에 한 행동일 테다. 나는 천천히 방 안을 둘러보았다. 모든 게 그대로였다. 아니, 그대로일까. 내가 떠나기 전과 지금 달라진 걸 알아차릴 수 있을까. 아니다. 그만큼 편안한 공간이었는데. 이제는 한시라도 벗어나고 싶은 곳이 돼 버렸다. 소연이 현관이 정면으로 보이는 위치를 가늠하더니 들고 온 가방을 벗어 IP 카메라 부품을 꺼내기 시작했다.

"설치하고 있을 테니 대충 급한 거 먼저 챙겨 놔."

나는 소연의 말대로 필요한 것들을 챙겼다. 우선 약부터. 우울증 약. 취업 때문에 본가를 떠나 홀로 상경한 순간부터, 나는 정신적인 스트레스에 지쳐 갔다. 우울 증세가 생겨 정기적으로 약도 타 먹고 있었다. 어느 순간부터 사람들과 대면하는 게 버거워졌다. 유일하게 편안한 이가 소연이었다.

옷가지 몇 벌이랑 이것저것 챙기면서도 계속 신경이 쓰여 몇 번을 머뭇거렸다. 원래 이 옷이 여기 걸렸었나? 내가 통조림 캔이 이렇게 많았었나? 머릿속이 터질 듯이 빙빙 돌았다. SNS에서 본 다정한 문구가 적힌 메모지들이 떠다니고 있었다. 구토가 올라올 거 같아 나는 곧바로 화장실로 달려갔다.

"토할 거 같아."

"괜찮아? 찬물로 세수라도 좀 해."

화장실에 들어서자마자 구토기가 몰려와 그대로 변기 뚜껑을 올렸다. 어지러워. 미치겠어. 울컥하며 뜨거운 게 올라와 그대로 입 밖으로 쏟아졌다. 먹은 게 없어서 나오는 건 오로지 물이었다. 너무 아파서 눈물이 나왔다. 캑캑거리며 세면대로 다가가 입가를 씻어 냈다. 밖에서 소연이 큰소리로 외치는 게 들렸다.

"설치 끝! 이 미친 새끼 걸리기만 하면 뒤지는 거야!"

소연의 말이 웃겨 피식 헛웃음이 나왔다.

"괜찮아?"

소연이 어느새 화장실 입구로 와 걱정스러운 눈으로 나를 보고 있었다. 내가 괜찮다는 답으로 미소를 짓자, 소연도 미소를 올렸다.

"얼른 가자 이제. 솔직히 나도 좀 쫄린다?"

"응."

대답하는 내 눈에, 세면대 위 수납장이 조금 열려 있는 게 보였다.

"소연아 여기……."

돌아봤지만 소연의 모습은 없었다. 다시 시선이 살짝 열린 수납장의 틈으로 향했다. 가만히 손을 뻗어 수납장 손잡이를 잡았다.

나는 단 한 번도, 수납장을 열어 놓은 적이 없었다.

다시 심장이 두근거렸다. 머리도 어지러웠다. 눈이 침침해져 몇 번 깜박거렸다. 열면 안 될 것 같았다. 온몸에 힘이 빠지는 게 느껴지고 다리가 떨려 왔다. 겨우 힘을 내 손잡이에서 손을 뗐다. 너무 무서워서 확인하기도 싫었다. 그대로 화장실 밖에 나서며 내가 흐느꼈다.

"……흑…… 세면대 수납장이…… 열려 있어…… 소연아……."

가방을 챙기던 소연이 내 말을 듣자마자 얼른 곁으로 다가왔다.

"너 가만히 있어 봐. 내가 확인할게."

별다른 설명 없이도 소연은 내 말의 뜻을 잘 알고 있었다. 소연이 화장실로 들어가 수납장을 여는 소리가 들렸다. 나는 바닥에 주저앉아 그저 울고만 있었다. 누가 이렇게 나를 괴롭히는 거야. 누구야. 왜. 왜 나야. 어지럼증이 심해져서 그대로 드러누워 버렸다. 천장이 빙글빙글 돌았다. 아, 이석증이 또 도졌나 봐. 갑자기 소연이가 분노 섞인 목소리로 소리치는 게 들려 벌떡 상체를 일으켰다.

"이 미친 변태 씨발 새끼!"

소연이가 씩씩대며 나오더니 울고 있는 나를 덥석 안았다. 등을 토닥이며 소연이 조용히 속삭였다.

"이제 우리 집에 가자. 빨리 여기 뜨자 응?"

나는 그저 고개만 끄덕였다. 왜 소연이가 화가 났는지 이유를 묻기도 싫었다.

빨리 내 집을 벗어나지 않으면 죽을 것만 같았다.

#

모처럼, 잔뜩 배달 음식을 시켰다.

"먹어. 먹는 게 풀리는 거고 먹는 게 남는 거다."

"······살로 남잖아."

"아이 씨 진짜······ 뿜을 뻔했네. 이제 좀 괜찮아졌냐?"

내 대답에 캔맥주를 들고 마시던 소연이 콜록거리며 눈을 흘겼다. 희미한 미소를 올리며 젓가락을 들어 주문한 음식을 끄적였다. 입맛이 없었다. 말없이 소연은 맥주를 마시고, 나는 젓가락질만 했다. 캔 하나를 비운 소연이 가만히 나를 쳐다보았다.

"······말해도 돼?"

"······응."

"……진짜 지금은 나아진 거 맞지?"

"정신 차려야지. 나도."

사실 세면대 수납장에서 뭘 발견했는지는 알고 싶지도 않았다. 하지만 그건 함께해 주는 소연에게 실례였다. 숨을 고른 내가, 그대로 젓가락으로 탕수육 한 점을 들었다.

"이거 먹을 때 말해 줘."

"……맛있는 거 먹을 때가 제일 편안하지."

소연이 뭔가를 꺼내 들었다. 맛도 느껴지지 않는 탕수육을 우물거리며 애써 시선을 고정했다.

접착식 메모지였다.

"그 새끼가 집에 한 번 더 드나들었던 것 같아."

메모지를 보며 우물거림을 멈췄다.

"……진짜 미친 새끼네 이거……."

우리 애기 이제야 알았네? 하지만 그래도 오빠는 유진이 남친 포기 못 해요.

내 표정이 구겨지는 걸 보며 소연이 메모지를 구겨 바닥에 내던졌다.

"……이 새끼 계정 새로 팠어. 다시 올라왔더라고. SNS에."

"아……."

"일단 바로 신고 때렸어."

눈물이 떨어지는 걸 본 소연이 황급히 냅킨을 들어 닦아 주었다. 잠자코 내 상태를 지켜보던 소연이 조심스레 물었다.

"약은? 먹었어?"

"……응."

"너 이러다 망가져 진짜. 원래 강한 앤데 딱 아플 때를 노리네 이거. 아 별 이상한 새끼 때문에 이게 뭐야."

소연이 화를 내며 노트북을 열었다.

"이제부터 실시간으로 감시다 미친놈아. 걸리기만 해 봐."

소연이 나도 볼 수 있게 노트북을 탁상 위에 올렸다. 잘하지는 못하지만, 술기운이 필요할 거 같아 나도 캔맥주를 땄다.

"이게 감지가 느껴지면 카메라가 움직이는 거거든? 용량 걱정 없이 클라우드 연동 뭐시기라서 계속 켜 놓아도 된다고 박 대리님이 그러더라고. 우리는 그 새끼가 들어오기만 기다리면 되는 거야. 맘 편히."

소연이 다시 캔맥주를 따 입에 가져갔다. 행동과 말투는 털털하지만 나를 위로하는 거라는 건 다 알 수 있었다. 어두운 화면만이 눈에 들어왔다. 집중해서 계속 보았다. 처

음에는 그냥 캄캄했지만, 서서히 적응하니 익숙한 풍경이
보이기 시작했다.

"뭐 좀 먹어라 좀. 짜장면도 먹고. 불었다고 벌써. 야. 너
너무 안 먹어 요즘."

"······알았어."

소연의 걱정을 듣는 둥 마는 둥 나는 노트북 화면에 집
중했다. 익숙한 현관문과, 익숙한 신발장과, 익숙한 옷장.
익숙한 풍경. 하지만 검은 안개가 퍼진 듯 어두운.

"일단 이거 불었으니까 내가 먹는다?"

소연이 불어 터진 짜장면을 들어 그대로 비볐다. 천천히
맥주를 입에 가져간 내가 한 모금 삼켰다. 그렇게 두 모
금, 세 모금. 결국 빈 속에 다 비웠다. 소연이 탕수육을 씹
는 소리가 들렸다. 또, 눈이 침침해졌다. 눈을 비비며 정신
을 똑바로 차리려고 노력했다. 시간은 자정에 가깝다. 여
전히 보이는 건 검은 안개의 장막······.

소연이 다 먹고 스마트폰을 보고 있는 사이, 노트북 화
면에 변화가 일어났다.

카메라가 움직이고 있었다.

"소연아!"

내가 놀라 소리를 지르자, 소연이 다급히 스마트폰을 내
려놓고 노트북을 쳐다보았다. 카메라가 천천히 움직이며,

화면 역시 천천히 바뀌는 게 보였다.

"어? 씨발 걸렸다 이 새끼."

소연이 바로 녹화 버튼을 누르는 동안, 내 머릿속에는 오로지 한 생각뿐이었다.

현관문은 닫혀 있는 상태인데.

열린 적이 없었다. 방 안에는 아무도 없었다. 지금 보는 화면 안에도 아무도 없었다. 카메라가 센서 감지를 하고 돌아가고 있는데, 막상 보이는 건 아무것도 없었다.

"……아무도 없어."

녹화 버튼을 누르고 지켜보던 소연도 말이 없어졌다. 나와 소연은 둘 다 침묵하며 노트북 화면에 비치는 카메라 영상만 쳐다보았다. 좌, 우, 위, 아래. 카메라는 천천히 돌아가며 촬영 중이었다. 보고만 있어도 미칠 것만 같았다.

"고장인가? 다 확인했는데?"

소연이 당황하며 노트북에 깔린 프로그램을 만지는 동안, 나는 축 늘어졌다. 그때, 스마트폰 알림이 울렸다. 황급히 스마트폰을 들어 알림을 확인했다. 그 SNS에 새 소식이 뜨면 알림이 오게 설정해 놨었다. 이번에는 계정을 신고하지 않았다. 물증이 확보되면 바로 털어 버릴 계획이었다. 계정이 업데이트되면 모든 증거를 캡쳐하기 위해서. 떨리는 손으로, 알림을 확인했다.

IP 카메라 설치했네? 그래 우리 이참에 반려동물도 키울까? 우리 둘이 너랑 나랑

IP 카메라 옆에 붙어 있는 접착식 메모지에 쓰인, 다정한 손글씨.

"아."
머리가 쪼개질 듯 아파졌다.
쓰러지는 내 귓가에 소연이 뭐라고 외치는 소리가 들렸지만, 뭐라는지 알 수가 없었다.

#

자초지종을 모두 본가에 얘기했다.
놀란 어머니와 아버지는 당장 돌아오라고 하셨고, 나도 그걸 생각하고 한 행동이었다.
차라리 본가에서 지내며 아르바이트를 하며 지내는 한이 있더라도, 그게 내가 살 길이 아닌가 싶었다. 직장 커리어, 서울살이, 독립. 모든 게 의미 없어졌다.
"……진짜 결심한 거야?"

"응. 여기 계속 있다가는 죽을 거 같아."

"……그래…… 나도 놀랐으니까……."

몇 번이고 다시 되돌려 봤지만, 카메라에 누가 찍힌 장면은 없었다. 아무도 없을 때 돌아가던 카메라, 그리고 SNS에 조롱하듯 올라온 업데이트. 이건 내 의지로는 도저히 버티기 힘든 현상이자 상황이었다. 더는 버티다가 무너질까 봐, 나는 차선책을 택했다. 도망치는 걸로.

"아니 어떻게 그랬지? 귀신이라고 쳐도…… SNS는 못 할 텐데."

"괜찮아. 이제 괜히 파고들 필요 없어."

감당 못 할 상황이면 건드리지 않는 게 좋아. 내 생각이었다. 소연은 내심 아쉬운지 연신 내 손만 잡았다. 나는 힘없는 미소만 보였다. 이미 팀장님께 사직서를 제출한 상태였다. 팀장님도 아쉬운지 다가와 나를 포옹했다. 우리 팀에서 여성 직원으로는 나와 소연, 그리고 팀장님 셋뿐이라 유대감이 돈독했기에 당연한 반응이었다.

"……오래 같이했는데 우리."

"죄송해요 팀장님."

"아프다니 어쩔 수 없죠. 몸조리 잘해요 유진 씨."

팀장님이 다독이더니 물러났다. 퇴근 시간이 가까워진 참이었다. 나는 사무실을 돌며 각 팀원에게 안부 인사를 전했다. 모두 걱정스러운 표정들이다. 하긴, 그동안 약해진 몸과 정신이 암암리 같은 팀원들에게도 알려졌을 터다. 아마도 약까지 먹는 것도. 돌아와 자리에서 짐을 챙기는 내게, 옆자리 박 대리가 넌지시 말을 건넸다.

"뭐라고 말씀을 드려야 할지…… 너무 아쉽네요."

"아쉽다뇨?"

"아…… 그냥 혼잣말이에요. 신경 쓰지 마세요."

박 대리가 눈길을 피했다. 머리가 아파서 신경 쓸 겨를이 없었다. 퇴근 시간이 다 돼서 그대로 챙긴 짐을 들고 몸을 돌렸다. 소연이 이미 다가와 나를 도우려고 기다리고 있었다. 그때, 박 대리가 더듬거리며 내게 다시 말을 건넸다.

"저기…… 괜찮으시면 식사라도……. 제가 대접하겠습니다."

"네? 아뇨 저는……."

"이제 못 보잖아요. 마지막이고. 그동안 저 많이 도와주셨는데 갚을 기회 한 번이라도 주시죠."

당연히, 싫었다. 구태여 왜. 하지만 나를 보는 소연의 눈빛을 보고 마음이 꺾였다. 소연은 박정현 대리를 좋아하고 있었다. 소연의 애타는 눈빛을 보며 나는 속으로 고심했다. 그만큼 나를 도와준 친구인데 서로 친해질 자리라도 만들어 주면 좋겠지.

"……제가 몸이 좀 안 좋아서요. 제 친구 집에서 보는 건 어때요?"

"네? 친구 집이요?"

"그게 더 편하고…… 이참에 술도 한잔하는 자리 만들어요 우리. 마지막 회식 겸."

"어…… 네! 저는 좋습니다!"

소연이 어벙한 표정으로 나를 봤다. 내가 미소를 짓자, 소연도 눈치챈 듯 미소를 올렸다.

"저 요즘 소연이 집에서 지내고 있거든요."

"아…… 소연 씨……."

"그럼 퇴근하고 볼게요."

박정현 대리가 나를 좋아한다는 건 눈치채고 있었다. 하지만 나는 관심 없었다. 더군다나 절친인 소연이 좋아하는 사람인 것도 알고 있었으니까. 이참에 서로 좋은 관계로 이어 주고 싶었다. 그게 떠나기 전 소연에게 갚을 마지막 선물이었다.

"……너 미쳤어?"

박 대리가 떠난 후 바로 소연이 내게 말을 던졌다.

"갑자기 왜 술 모임?"

"너도 좋잖아. 박 대리 좋아하는 거 다 아는데."

"……야…… 아무리 그래도 이건 좀…… 오바다."

"싫어?"

내 대답에, 소연이 인상을 팍 쓰며 말했다.

"죄책감 느껴서 그래."

"아니. 고마워."

"뭔 뜬금 고마워야."

"……이렇게라도 너한테 조금이나마 보답하고 싶으니까."

소연이 활짝 웃으며 나를 꼭 안았다.

"나도 고마워."

퇴근하고 소연의 집에 도착한 지 두 시간이 흘렀다.

나는 조절해서 마셨지만, 박 대리와 소연은 거나하게 취했는지 얼굴이 새빨갰다.

"아니 저는 그게…… 너무 아쉽고…… 유진 씨랑 안 친해진 게……."

"유진이랑 왜 친해지려고 했어요?"

"음…… 그냥 아는 사람이랑 많이 닮아서요."

"나는요? 나는 닮은 사람 없나?"

박 대리가 술잔을 들어 입에 털어 넣더니 곧바로 소연의 말에 답했다.

"……있긴 해요."

"아하. 누구요? 옆집 아줌마?"

"아하하! 재밌으시다 소연 씨."

슬그머니 스마트폰을 꺼내 살폈다. 그 SNS 계정이 다시 올라왔나 하고. 하지만 없었다. 이유를 알 수 없지만 '유진이남친'의 계정은 내려갔다. 소연에게 신고했냐고 물었지만 아니라고 들었다. 마치 내가 떠나려고 결심한 순간을 맞춰서 SNS를 떠난 것도 같았다. 차라리 잘된 걸까? 내가 떠나려고 하는 걸 알고 포기한 걸까? 본가에 들어가면 나를 감싸 주는 많은 이들이 있으니 어렵다고 판단한 걸까? 그렇다면.

그놈이 원하는 것은 그냥 내가 떠나는 거였을까?

"……내가 떠나는 걸 원했나 봐."

내가 중얼거리자 박 대리와 소연 둘 다 시선을 내게로 돌렸다.

"……여기 오지 마. 여기 위험해. 여기 오면 무서워 이런 거처럼."

"유진아. 그거 먹었어?"

소연이 조심스레 물었다. 정신과에서 처방받은 약을 뜻한다는 건 안다. 내가 씩 웃자, 소연도 웃었다.

"놓치지 말고 꾸준히 챙겨 먹자?"

"뭡니까? 뭐 보약이라도 됩니까?"

"아이 박 대리님. 화제 돌리지 마시고…… 나 누구 닮았어요?"

"아…… 옆집…… 누나요."

"오! 박 대리님 되게 노스텔지어 맨이네?"

피식 웃으며 안주를 끄적이는데, 젓가락이 툭 떨어졌다. 쥘 수가 없었다. 힘이 들어가지 않았다.

"아 소연아 이거……."

잠이 쏟아졌다. 그대로 고개를 떨궜다.

눈을 떴다.

바닥에 누운 내 눈앞에 바짝 보이는 건, 일그러진 표정으로 굳어 있는 박정현 대리의 모습이었다.

"아아…… 꺄악!"

비명을 지른 이유는 따로 있었다. 박 대리의 등에 꽂힌 칼을 뽑은 소연이 천천히 리듬감 있게, 계속 여기저기 찌르고 있었으니까.

"조용히 해."

"……왜…… 뭐야 소연아 왜…… 무슨 일이야."

"닥치고 있어 그냥. 이 씨발 새끼가 기어코 싫다잖아."

식칼을 들어 박 대리의 목을 내려찍은 소연이, 허탈한 표정으로 웃었다.

"내가."

"왜…… 소연아……."

"야. 입 다물어. 입 열면 아가리 찢어 버린다?"

소연이 나를 보며 입꼬리를 올렸다. 처음 보는 그 표정에 나는 그대로 입을 닫았다. 그러고보니, 내 몸은 빨랫줄로 이미 묶인 상태였다. 소연이 식칼을 들고 나를 내려다보며 말했다.

"아니 그냥 조용히 나가면 될 걸 왜 나를 극단적으로 모는 거야. 너 원래 그런 애 아니잖아. 씨발 막판에 오지랖이라도 벅차올랐냐? 어?"

나는 아무 말도 할 수 없었다. 오로지 모든 건 지금, 소연의 주도였다.

"아, 그래. 이참에 고백해 볼까 했어. 어차피 너 쫓아내는 거 계획대로 됐고. 박 대리 이 병신이 미련 갖지 못하게 깔끔하게! 예상 못 했지만 니 제안도 괜찮았어. 어차피 너는 꺼질 사람이잖아……. 그리고 나는 계속 같이 있을 사람이고……. 이 씨발!"

소연이 식칼을 들어 다시 한 번, 박 대리의 등에 박아 넣었다. 미동도 없었다. 이미 죽어 있는 상태니까.

"……너 재우고 내가 고백했거든? 근데 죽어도 너래. 왜? 아니 왜 너 같은 걸?"

소연이 고개를 까닥거리며 자조하다가, 갑자기 식칼을
저만치 내던졌다.

"아아악!"

소리를 지른 소연이 술상을 그대로 엎었다. 안주와 집기
가 여기저기로 튀었다. 소연은 내 목을 졸랐다. 소연의 눈
빛이 탁해 보였다. 몇 번 본 적이 있어 잘 아는 눈빛이다.
바로 내가 약을 먹기 전 보던 눈빛, 그대로였다.

"그냥…… 너랑 박 대리를 떨어지게 하려는 거였어. 나
도 너 좋아해. 너 내 친구야. 근데 씨발 야. 내가 좋아하는
사람이 딴 년한테 눈 돌리면 내 눈 돌아가 안 돌아가. 응?"

"으윽……."

"그래서 니가 떠나면 되겠거니 하고 좀 계획을 짜 봤어.
어차피 니 집 다 알고 몇 번이나 드나들던 곳이니까. 열쇠
하나만 가지고 사는 거도 알고. 뭔 말인지 이해되지? 다
내가 한 거야."

존재하지 않는 남자 친구의 SNS. 모든 것은 소연이 꾸
민 일이었다.

"너 정신적으로 아프잖아. 응? 자극하면 못 참고 떨어
질 줄 알았지. 응? 어떻게든 너한테 스트레스를 주려 했

어! 니 집에 놀러 갈 때마다 하나하나 작업해서 사진을 찍었어! 응? 세면대 수납장? 아무것도 아니야! 내가 들어가서 메모지에 끄적인 게 전부지. 모두 다. 카메라? 원격 조작은 쉬워. 넌 그냥 내 올가미에 걸려든 것뿐이야."

"하하……."

헛웃음만 나왔다. 전혀 몰랐고, 의도도 아니었지만, 어쨌든 확실한 것은, 이대로 파국.

"하하하……."

언제부터였을까?

그냥 편하게 뒷담화로 친구에게 저 사람 나 좋아하는 거 같아 말한 적부터?

아니면 감이 좋아서 아, 얘가 이 사람을 좋아하는구나 내심 짐작한 그 순간부터?

뭐랄까, 확실한 것은, 소연이가 저지른 일이라는 걸 전혀 예상치 못했다는 거다.

절친으로서, 실격이다.

"미친년."

하지만, 내 입에서 나온 것은 그저 본능이 섞인 분노다. 당연하다는 듯, 소연이 실실 웃으며 두 손을 내 목 위로 가져갔다.

"가지지 못하면 망가트리는 거야. 그리고 이거 다, 너 때문인 거 알지? 왜 이 자리를 만들었어! 아악!"

서서히 조임이 느껴졌다.

SNS의 사진들, 카메라의 비정상적인 움직임의 조작, 남친 사칭범을 처음 알려 준 소연의 행동부터 모든 것들이 내 머릿속에 빙글빙글 돌며 숨겨졌던 답을 제시하고 있었다.

구역질이 다시 올라왔다. 하지만 뱉어 낼 수 없었다.

의식이 흐려질 정도로 강하게 목을 조이는 와중에, 뭔가를 뱉어 낼 수는 없다.

소연의 눈과 마주쳤다.

그건, 모든 걸 포기하고 본능에 맡긴 동물의 눈 그대로였다.

#송한별

2부

#큰 소리 내지 마세요

#아들이 돌아오는 날 #현관문 너머

#널 죽이러 간다 #7474074

#형을 집행한다

큰 소리 내지 마세요

　지금으로부터 2년쯤 전의 일이다. 그때의 나는 갑작스러운 부동산 문제 때문에 골머리를 썩고 있었다. 마음에 들어서 계약하기로 한 집이 알고 보니 나 말고 다른 사람하고도 계약을 진행 중이었던 것이다. 계약금 입금 시기는 그 사람이 더 빨랐기 때문에 나는 졸지에 갈 곳 없는 사람이 되어 버렸다. 부동산 사장은 이걸 어떻게 해야 하나, 정신을 놓은 나에게 미안하게 되었다며 새 집을 찾을 때까지 살 집을 구해다 주겠다고 이야기했다. 소송을 걸든 뭘 하든 할 수 있었지만 나는 당장 살 집이 필요했고, 길었던 군 휴학을 마치고 복학하기도 전에 일을 키우고 싶지는 않았다. 다행히 부동산 사장이 보여 준 집은 내가 처음 골랐던 원룸보다 훨씬 넓은 아파트였다. 최대 3개월

까지 월세도 부담해 주겠다고 해서 나는 부동산 사장의
제안을 흔쾌히 받아들였다.

이제 와서 생각해 보면 그러지 말았어야 했다.

낡았다고는 하지만 멀쩡한 아파트를 공짜로 빌려주는 데
에는 그만한 이유가 있기 때문이라는 것을 알아야만 했다.

이사 첫날은 별일 없이 지나갔다. 대학 생활을 시작한
이래 원룸만 전전하던 내게 방이 두 개나 있는 24평형 아
파트는 지나칠 정도로 넓었다. 본가에 맡겨 두었던 내 자
취 짐을 전부 풀어 놓아도 아파트는 썰렁하기만 했다. 넓
은 거실에 드러누워서 팔다리를 퍼덕거려 보아도 해방감
은 들지 않았다. 건물이 낡은 탓인가 오히려 을씨년스러
운 분위기만 더해졌다. 결국 나는 처음 보는 동네 치킨집
에서 치킨 한 마리와 맥주를 사다가 혼자만의 이사 기념
파티를 하고 작은방에서 잠들었다. 지긋지긋하기만 했던
좁은 공간이 오히려 내게 안정감을 주었다. 그날 먹은 닭
은 말라비틀어져서 퍽퍽했고 맥주에서는 기분 나쁘게 시
큼한 맛이 났다.

이상한 소리는 그 다음 날부터 들려왔다.

처음에는 내가 아직 꿈에서 덜 깬 줄 알았다. 무언가 바
닥을 울리는 묵직한 소리가 반복적으로 들려왔던 것이다.

지난밤 마구 마셔 댄 맥주 때문에 숙취가 올라온 것인가도 생각해 봤다. 그러나 잠이 덜 깬 것도 아니었고, 두통 때문에 머리가 울리는 것도 아니었다. 정말로 어디선가 쿵쿵거리는 소리가 나고 있었다. 2~3초에 한 번씩, 천천히, 하지만 끊임없이.

나는 소리가 나는 곳을 찾아 휑한 집 안을 돌아봤다. 특별히 눈에 띄는 것은 없었다. 애초에 내가 가진 물건 중에는 그런 소리가 날 만한 것이 없었다. 이전 세입자는 세탁기와 냉장고 빼고는 아무것도 남겨 놓지 않았고, 세탁기와 냉장고는 조용했다. 나는 그제야 천장을, 윗집인 602호를 올려다봤다. 우리 집이 아니면 남의 집에서 나는 소리가 틀림없었다.

시간은 아침 열한 시쯤이었다. 나는 잔뜩 인상을 찌푸렸다. 지은 지 오래된 아파트라더니, 방음 설계도 제대로 되어 있지 않은 모양이었다. 손바닥만 한 원룸을 전전하면서 가장 피곤했던 것 중 하나는 방음 문제였다. 나는 정말로, 이웃집 사람이 라면을 끓이느라 냄비에 물을 받는 소리, 젓가락을 부딪히는 소리, 라면을 반쯤 먹다 말고 화장실에 가서 볼일을 보는 소리 같은 것을 공유받고 싶지 않았다. 아파트로 이사 오면서 더 이상 층간 소음 때문에 고통받을 일은 없을 줄 알았는데, 내 착각이었다.

602호 사람은 뭘 하는지 내가 어제 먹고 남겨 놓은 것들을 치우고, 씻고, 간단하게 나갈 준비를 하는 동안에도 계속해서 쿵쿵, 반복적으로 소리를 냈다. 홈 트레이닝을 거창하게 하기라도 하는 걸까? 궁금한 게 많았으나 전입처리 같은, 이사 후 해야 하는 일들이 많았기에 나는 금방 집을 나섰다.

층간 소음은 내가 생각했던 것보다 심각했다. 쿵쿵거리는 소리는 하루도 빠짐 없이 매일 아침 열한 시마다 들려왔다. 문제는 그 시간이 딱 내가 잠들 무렵이었다는 것이다. 당시 나는 편의점 야간 아르바이트를 하면서 생활비를 벌고 있었다. 가까운 편의점에서 밤 열한 시부터 다음 날 아침 아홉 시까지 일하고 집에 돌아와 가볍게 씻고 누우면 아홉 시 반쯤이었다. 그러고 한 시간쯤 자다 보면 어김없이 쿵쿵거리는 소리가 들려왔다.

처음 며칠 동안은 신경 쓰지 않으려고 했지만 그럴 수가 없었다. 일정한 간격을 두고 쿵쿵거리는 소리는 내 꿈속 세계까지 파고들어 왔다. 그 소리를 듣다 보면 악몽을 꾸거나 가위에 짓눌렸고, 그러면 어쩔 수 없이 피곤한 상태로 깨어났다. 귀마개를 해도 소용없었다. 정기적으로 쿵쿵거리는 소리는 이미 내 몸에 새겨져 버려서 귀가 아닌 몸이 반응했다. 거실이나 큰방에 가서 자면 조금 나았지만 그것도 그렇게 오래가지는 않았다. 낡고 오래된 아파트답게 층간 소음은 내가 어디로 가든 끈질기게 따라붙었다.

공짜로 빌려준다기에 무언가 사연이 있는 매물일 것이라고는 생각했지만 피할 수 없는 층간 소음은 참을 수 있는 수준을 한참 넘어선 하자였다. 나는 부동산 사장에게 몇 번이나 전화해서 따졌으나 얻을 수 있는 것은 없었다. 부동산 사장은 이제 곧 정리하고 나갈 집이니까 참으라고 나를 다독였고, 집주인은 해외에 나가 있어 연락이 안 된다고 했다. 부동산 사장은 내가 전화를 걸 때마다 어떻게든 말을 돌리다가 달아나듯 전화를 끊고는 했다. 결론적으로는 공짜로 사는 주제에 문제 일으키지 말라는 것이었다. 나는 자기들 실수 때문에 피해를 본 사람인데, 어째서인지 무리한 요구를 하는 진상이 되어 있었다.

그대로 보름쯤 잠을 제대로 자지 못하는 나날이 이어지자 머리가 멍해지기 시작했다. 일을 하다가도 자주 실수를 했고, 편의점 점장에게 혼나는 빈도도 늘었다. 이대로는 안 될 것 같았다. 나는 마음을 굳히고, 쿵쿵거리는 소리가 들려오기 시작하자마자 602호를 찾아갔다. 그간의 분노를 담아 대문을 쾅쾅 두들기자 잠시 뒤, 쇳소리를 내며 문이 열렸다.

"뭐예요?"

비좁은 현관문 안전 고리 틈으로 날카로운 목소리가 삐져나왔다. 실내가 어두운 탓에 모습이 자세히 보이지는 않았으나 40대쯤 되는 여자 같았다. 표독스러운 표정 때문에 놀랐으나 나는 다시금 마음을 다잡고 용건을 말했다.

"아랫집 사람인데요. 매일 이 시간마다 천장이 울려서요. 뭘 하시는지는 모르겠지만…… 신경 좀 써 주시죠."

"남이 자 집에서 뭘 하든 무슨 상관이야? 그쪽이야말로 신경 꺼요!"

여자는 그렇게 말하고는 문을 쾅 닫아 버렸다. 그러고는 보란 듯이 쿵쿵거리는 소리가 들려오기 시작했다.

"저기요? 저기요!!"

이게 도대체 무슨 경우인가 싶어서 주먹으로 현관문을 쾅쾅 두들겨 봤지만 여자는 아랑곳하지 않았다. 오히려 소리가 쿵쿵거리는 속도만 더 빨라질 뿐이었다. 결국 나는 대화를 포기할 수밖에 없었다.

그 이후 나는 전략을 바꾸었다. 602호가 쿵쿵거릴 때마다 나도 천장을 두들기기 시작한 것이다. 인터넷에서 본 층간 소음 대책들이 도움이 되었다. 저음이 강한 우퍼 스피커를 새로 사는 건 부담되었지만 튼튼한 빗자루를 구해다 휘두르는 것 정도는 나도 할 수 있었다. 그때마다 602호에서 들려오는 쿵쿵 소리가 더 빠르고 더 커졌지만 상관없었다. 어차피 열한 시부터 열두 시까지는 잠을 잘 수 없었다. 그럴 거면 차라리 복수라도 하는 게 정신 건강에 이로웠다.

아파트 주민들은 그런 내 복수를 안타까워하면서도 약간은 달갑게 여겼다. 602호는 벌써 1년 넘게 그짓을 반복하고 있다고 했다. 낡은 아파트답게 소음은 다른 집에도 퍼졌다. 하지만 집주인은 연락이 안 되고, 602호는 찾아가 봤자 말 한 마디 하기 힘들고. 대부분의 주민들은 602호를 자연 재해 취급하기로 했다고 했다. 오전에 하루 한 시간만 참으면 된다는 것이다. 결국 제일 큰 피해를 보는 것은 나였고, 아무도 나를 위해 602호에 같이 항의해 주지 않았다.

그렇게 외로운 싸움을 이어 가고 있던 어느 날이었다. 아파트 근처 상가에 장을 보러 갔다가 돌아오는 길이었다. 횡단보도 건너편에 602호 여자가 있었다. 밝은 햇빛 아래에서 본 그 여자는 나뭇가지처럼 비쩍 말랐고, 신경질적으로 입을 꾹 다물고 있었다. 깐깐하고 까탈스럽고 예민한 성격이 온몸으로 드러나는 여자였다. 602호 여자 옆에는 작은 여자아이가 하나 서 있었다. 대여섯 살이나 되었을

까, 아직 유치원을 다닐 만한 나이 같았는데 얼굴 요모조
모에서 602호 여자가 느껴졌다. 아이는 꼬질꼬질한 벙거
지 모자를 머리에 푹 눌러쓰고 있었다. 그동안 602호에 아
이가 있는 줄은 몰랐다. 아이가 불쌍했다. 저렇게 성질 더
러운 여자랑 함께 사는 게 행복할 리가 없었다.

신호가 바뀌자 602호 여자는 나를 완전히 무시하는 건
지 아니면 원래 다른 사람에게 관심이 없는지, 꼿꼿하게
세운 고개를 돌리지도 않고 횡단보도를 건너왔다. 거기에
아는 척을 하는 것은 뭔가 억울해서 나도 여자를 완전히
무시하기로 했다. 그렇게 모르는 척하고 지나가려고 했는
데, 횡단보도 한가운데에서 여자아이가 내 옷소매를 붙잡
았다. 그러고는 까치발을 들고 내게 작게 속삭였다.

"천장 두들기는 거 아저씨죠?"

"뭐?"

"하지 마세요. 큰 소리 내지 마세요."

아이는 그러고는 아무 일도 없었다는 듯 쪼르르 엄마
곁으로 달려갔다. 나는 내가 제대로 들은 것이 맞나 의심
스러워서 눈을 동그랗게 뜨고 횡단보도를 건너는 모녀의
뒷모습을 바라봤다. 그러다 신호등 신호가 끝나 버려서,
자동차가 클랙슨을 눌러 대는 소리를 듣고 황급히 횡단보
도를 마저 건넜다. 602호 모녀는 길 건너편에서 무표정한

얼굴로 나를 지켜보다가 휙 고개를 돌려 버렸다. 나는 얼굴이 시뻘게졌다. 내가 틀렸다. 그 엄마에 그 딸이었다. 아주 이기적이고 재수 없는 게, 똑 닮은 모녀였다.

　나는 그 뒤로 한 달쯤 더 지내다 새 집을 구해 지긋지긋한 아파트를 떠났다. 그 아파트에서 보낸 시간은 다 합쳐서 두 달쯤 될 것이다. 그동안 나는 빗자루가 부러질 때까지 천장을 쿵쿵 두들겼지만 층간 소음은 조금도 변하지 않았다. 소음은 심해지면 심해졌지 절대로 덜해지지는 않았다. 602호 아이와는 몇 번인가 더 마주쳤지만 아이는 나를 보면 모자를 눌러쓰기만 할 뿐 더 이상 말을 걸거나 아는 척을 하지는 않았다.

　그 두 달 사이에 나는 신경증이 심해져서 정신과 약을 지어 먹어야 할 정도로 피폐해졌고, 이사하는 날이 정해지자마자 군말 없이 짐을 뺐을 정도로 마음의 여유가 없어졌지만 지금은 다 괜찮다. 그 아파트에서 있었던 일들을 술자리 안줏거리 삼아 친구들에게 말해 주기도 했을 정도다. 그런 이야기를 2년이나 지난 지금 꺼낸 이유는 바로 어제 경찰이 찾아왔기 때문이다.

　"2년쯤 전에 영마아파트 502호 사셨죠? 층간 소음 때문에 주변에 상담도 많이 하셨고."

그런 내용으로 시작된 경찰이 꺼내 놓은 말은 너무나도 충격적인 것이었다.

"602호에 살던 모녀 아시죠? 그 집 엄마가, 딸을 죽였어요."

"예? 죽였다고요?"

"일부러 죽인 건 아닌 것 같은데, 이걸 뭐라고 해야 하나……. 몇 년 전부터 꾸준히 학대가 있었던 것 같거든요. 일상적으로 애 머리를 막 이렇게, 바닥에 내리치고 그러다가 애가 그만 잘못되어 버린 거죠."

경찰은 농구공을 바닥에 튕기듯이 가볍게 손짓을 하더니만 불쾌한 일이라는 듯 인상을 찌푸렸다.

"그 건 관련해서 증인을 찾고 있는데, 증언 좀 해 주실 수 있으실까요?"

"아니, 잠깐만요. 애 머리를, 바닥에 막 내리쳤었다고요?"

"예? 예에. 애 엄마가 정신이 좀 온전치 않아서 서술이 정신없긴 한데. 매일 오전에 시간을 정해 놓고 학대를 한 것 같아요. 남편이 바람을 피워서 아내랑 딸을 버리고 집을 나갔다는데, 딸 얼굴만 보면 남편 생각이 나서 화를 참을 수 없었다나 뭐라나. 하여튼 그렇게, 애 머리를 쿵쿵 소리가 나게 사정없이 막 내리쳤다네요."

경찰의 이야기를 듣는 동안 내 머릿속에는 횡단보도에

서 내 옷소매를 붙잡았던 아이가 떠올랐다. 나를 볼 때
마다 모자를 푹 눌러쓰던 습관을 떠올렸다. 내가 천장을,
602호를 빗자루로 두들길 때마다 점점 더 커지고 빨라졌
던 층간 소음을 생각했다.

그 아이는 내게 큰 소리를, 내지 말라고 했을 때 얼마나
큰 각오를 했던 걸까?

부탁을 했는데도 계속해서 천장을 두들겼던 나를 보면
서 어떤 생각을 했을까?

나는 그것을 영영 알 수 없게 되었다.

아들이 돌아오는 날

　미영은 사과 매대 앞에 멈춰 서서 가격표를 쳐다봤다. 세 알에 만 원. 실하다고는 해도 사과 값치고는 지나쳤다. 요새 들어 부쩍 오른 물가가 소름 끼쳤지만, 미영은 고민 끝에 빛깔이 좋은 사과 세 알을 골랐다. 단골 청과상 주인이 사과를 비닐봉지에 넣어 주며 별일이라는 듯 물었다.

　"무슨 좋은 일 있어? 평소 같았으면 비싸다고 눈길도 안 줬을 거면서."

　"오늘이 우진이가 오는 날이거든."

　"아, 원양어선 탄다던 아들내미?"

　미영이 이름을 이야기하자 상인이 금방 아는 척을 했다. 자랑스러운 아들 이야기가 나오자 미영은 기분 좋게 고개를 끄덕여 보였다.

미영과 혁수 부부의 하나뿐인 자식인 우진은 흔히 하는 말로 부모 속을 한 번도 썩인 적 없는 착한 아들이었다. 기질이 순해서 자기 주장을 강하게 하는 법이 없었고, 다른 사람을 자연스럽게 배려할 줄 알았다. 미영이 우진의 칭찬을 얼마나 해 대는지 동네 사람들은 귀에 딱지가 앉을 지경이었다.

지금으로부터 약 2년 전, 우진이 원양어선을 탄 것도 다 가족을 위해서였다. 그 당시 미영의 집안 경제 상황은 상당히 심각했다. 혁수가 이른 나이에 정리 해고를 당하고 난 뒤 시작한 사업이 실패한 탓이었다. 투자금은 전부 날려 먹었고, 남은 것은 여기저기서 끌어다 쓴 빚뿐이었다. 혁수는 급전을 구하기 위해 밤낮 없이 뛰어다니는 동안 미영은 닥치는 대로 일거리를 늘렸다. 부모님이 고생하던 모습을 조용히 지켜보던 우진이 어느 날 말했다.

"저, 원양어선에 타기로 했어요."

미영과 혁수는 그게 도대체 무슨 말이냐며 말리려고 했지만 마음을 단단히 먹은 우진의 생각을 바꿀 수는 없었다. 우진은 이미 언제 어느 배에 탈 것인지까지 정해 놓은 뒤였다. 해군에서 군 복무를 하던 시절 뭐라도 도움이 될까 해서 따 놓은 해기사 자격증이 있었기에 할 수 있는 선택이었다. 대학교 졸업을 앞둔 아들이 장기 휴학을 해 가면서까지 돈을 벌어 오겠다니, 미영은 눈물을 멈출 수가 없었다. 평소 감정 표현을 잘 하지 않는 혁수도 그날만큼은 가족을 끌어안고 눈물을 펑펑 흘렸더랬다.

야속한 일이지만 가정을 지키려면 돈이 필요했다. 우진은 결국 정해진 날짜에 커다란 배를 타고 떠났다. 가족과 연락하면 마음이 약해질 것 같다며 핸드폰도 해지했다. 요즘은 위성 인터넷 덕분에 배에서도 전화를 할 수 있다던데, 미영은 아들의 결정이 야속했지만 어쩔 수 없었다. 부부는 우진이 가끔씩 이름도 모를 나라에서 보내 오는 손편지로 외로움을 달랬다.

그로부터 1년 뒤. 새까맣게 탄 피부를 하고 돌아온 우진은 부부 앞에 떡하니 통장을 내밀었다. 통장에는 3000만 원쯤 되는 큰돈이 들어 있었다. 집안에 한 푼이라도 더 보태려고 먹을 거 안 먹고, 옷 안 사 입으며 아꼈을 아들이 생각나 부부는 또 한참을 울었다.

우진이 가져온 돈은 가정에 큰 도움이 되었다. 목돈으로 많은 빚을 해결한 덕에 겨우 숨을 쉴 수 있게 되었다. 부부는 이제 되었으니 배는 그만 타고 학교부터 졸업하라고 했으나 우진은 고개를 저었다. 타다 보니 뱃일이 적성에 맞는다며 오히려 학교를 그만두기까지 했다. 그러면서 조금만 더 기다리라며 떠난 아들은 어느새 듬직한 어른이 되어 있었다.

그런 우진이 돌아온다는데, 비싸다고 아들이 좋아하는 사과를 안 사는 건 말이 되지 않았다.

상인이 노란 비닐 봉지를 단단히 묶으며 물었다.

"그 집 아들 지난번에 들어왔을 때가 겨울 아니었나? 벌써 1년이 다 됐어?"

"그건 아니고. 배에 무슨 문제가 있어서 예정보다 빠르게 들어온대."

"무슨 일 난 건 아니지?"

"왜 재수없게 그런 소리를 하고 그래?"

"아이고, 내가 그쪽 일은 하나도 몰라서 그러지. 도끼눈 뜨지 말고 이거나 가져가. 덤이야, 덤."

미영이 눈을 홉뜨자 상인이 넉살 좋게 웃으면서 잘 익은 복숭아를 하나 건넸다. 미영은 흥, 콧바람을 내뿜고는 사과 봉지와 복숭아를 받아 들었다. 만 원어치라고 하기에는 너무나도 가벼운 무게였다.

장보기를 마친 미영이 집으로 돌아가려는데, 갑자기 어디선가 큰 소리가 들려왔다. 반사적으로 고개를 돌려보자 한바탕 난리가 난 생선 가게가 눈에 들어왔다. 시장 입구쪽에 있는 생선 가게 앞을 지나다가 누가 물건을 쏟아 버린 모양이었다. 여기저기서 사람들이 아이고 아이고, 저

걸 어쩌나 하고 안타까워하며 소리를 냈다.

좌판을 엎어 버린 사람은 생선과 비린내 나는 얼음에 뒤섞여 바닥에 엎어져 있었다. 어딘지 모르게 왜소해 보이는 남자는 자리에서 잘 일어나지 못했는데, 미영은 금방 그 이유를 알 수 있었다. 남자에게는 양팔이 없었다. 정확히는 오른팔은 손목부터 그 밑이 없었고, 왼팔은 어깨 밑이 없었다. 얼마 남지 않은 양팔에 둘둘 감긴 붕대는 때가 끼어 지저분했고, 되는 대로 꿰어 입은 것 같은 옷차림도 어수선했다. 저 멀리 있어 잘 보이지는 않았지만 가무잡잡한 얼굴에 제멋대로 자란 수염이 엉겨 있다는 것 정도는 알 수 있었다. 어쩐지 찌릿한 체취가 나는 것 같아 미영은 인상을 찌푸렸다.

"어휴, 저래 가지고 사람 구실은 하나 몰라."

미영은 쯧쯧 혀를 찼다. 거지 꼴을 한 남자는 생선 가게 주인에게 웅얼거리면서 연신 사과했다. 몸을 가누는 게 익숙하지 않은지 고개를 숙일 때마다 몸이 좌우로 기우뚱하게 흔들렸다. 어디서 흘러 들어왔는지는 몰라도 처음 보는 남자였다. 혁수의 사업이 망한 뒤 도망치듯 옮겨 온 이곳은 폐허가 된 채 방치된 건물이 여기저기 널려 있는 낙후된 동네였다. 그만큼 인구도 적었고, 어디에 누가 사는지도 뻔했다.

"또 모르지. 방구석에 숨겨 놓고 키웠을지도."

혼잣말을 내뱉고 보니 말이 되는 것 같았다. 일단 미영이라면 틀림없이 그렇게 했을 것이다. 창피한 일이기도 하고, 남들이 씹고 뜯을 이야깃거리를 만들어 줄 이유가 없었다. 한편으로 누군가를 한평생 방구석에 가둬 놓고 키운다고 생각하니 암담한 마음이 밀려들었다. 제 밥벌이도 못 하는 사람을 평생 먹여 살릴 수는 없었다.

미영은 문득 지금의 삶이 썩 나쁘지 않을지도 모른다고 생각했다. 빚이 좀 남았고 혁수는 헛바람이 들어 싸돌아 다니기 일쑤지만 그래도 미영에게는 일거리가 있었다. 무엇보다도 가족을 위해 헌신하는 든든한 아들 우진이 있었다. 듬직한 아들을 생각하자 미영은 누군가 힘을 실어 주는 것처럼 기운이 났다.

다소 가벼운 장바구니를 들고 귀가하자 혁수가 이미 집에 와 있었다.

"왜 벌써 집에 와 있어? 오늘도 어디 간다고 하지 않았어?"

"일이 있긴 한데, 일찍 마무리하고 왔지. 오늘 우리 우진이 오는 날이잖아."

혁수가 뭘 그런 것을 묻느냐며 웃으며 대답했다. 비싼 호텔 카페의 테이크아웃 잔을 든 채였다. 혁수는 당장 밥 먹을 돈이 없어도 꼭 호텔 커피를 마셨다. 그건 딱 한 벌

남은 명품 양복처럼, 혁수의 사회적 자아를 지켜 주는 마지막 방어벽이었다. 미영에게는 안 어울리는 옷에 억지로 몸을 욱여넣은 것처럼 보였지만 혁수는 그 사실을 절대로 인정하지 않았다.

"오랜만에 다 같이 통닭도 뜯고, 그러면 좋잖아."

혁수가 은근한 시선으로 식탁을 가리켰다. 식탁에는 기름을 먹어 반쯤 투명해진 종이 봉투가 하나 있었다. 어디선가 구수한 기름 냄새가 난다 했더니, 들어오는 길에 통닭을 사 온 모양이었다.

세 가족에게 통닭은 의미가 깊은 음식이었다. 부부는 젊은 시절에도 돈이 없었다. 한몫 단단히 챙겨 준다는 친한 선배의 말에 속아 다단계 판매에 뛰어들었다가 인생의 쓴맛을 봤던 탓이었다. 당장 쌀값을 걱정해야 하는 처지였기에 한창 성장기인 우진에게 치킨 한 마리 사 먹이기도 힘들었다. 정말로 고기가 먹고 싶은 날이면 각자 조금씩 꿍쳐 두었던 꾸깃꾸깃한 돈을 모아 손바닥만 한 통닭을 사서 세 식구가 나눠 먹고는 했다. 미영은 그때의 맛을 기억했다. 다행히 그 뒤 양쪽 집안에서 돈을 융통해 주어 집안 형편이 나아졌고, 우진을 대학까지 보낼 수 있었다. 혁수가 사업을 말아먹고 한 번 더 돈을 구걸하면서 미영과 혁수, 모두 각자의 잡안과 완전히 의절한 것은 이제 와서는 다 지난 일이었다.

"너무 일찍 사 왔잖아. 이러다 다 식겠네."

말은 그렇게 하면서도 미영은 입꼬리가 슬며시 풀렸다. 그러자 혁수가 슬금슬금 부엌으로 다가왔다.

"그런데 말이야. 우진이가 이번에는 얼마나 들고 온다고, 혹시 말했어?"

"아니, 걔가 돈 얘기 막 하는 성격은 아니잖아."

"그건 그렇지. 그래도, 대충 얼마나 될까?"

"글쎄? 지난번에 3000만 원쯤 가져왔으니까, 이번에는 절반쯤 되지 않을까?"

"1500만 원…… 그쯤이란 말이지."

그제야 낌새가 이상하다는 걸 눈치챈 미영이 채소를 냉장고에 넣다 말고 뒤를 돌아보자 혁수가 선수를 쳤다.

"여보. 아니, 자기야. 거기서 내가 딱 1000만 원만 쓸게. 그래도 되지?"

"되긴 뭐가 돼? 미쳤어? 그게 무슨 돈인 줄 알고 막 쓰겠다고 그래?"

"아니, 이번에 새로 사업 아이템을 찾았는데 말이야. 이게 금형만 뜨면 딱 터질 아이템이거든. 중국으로 수출 경로도 이미 다 알아봤어. 금형비랑 시설 투자비로 1000만 원만 쓰면 반년, 아니, 딱 석 달 안에 원금 회수하고도 남는다니까?"

"남긴 도대체 뭐가 남아? 그렇게 말아먹고도 또 사업을 하고 싶어? 절대 안 돼. 그리고 그 돈, 이미 쓸 데 정해져 있으니까 손댈 생각 하지도 마."

미영은 혁수의 바람을 눈 하나 깜빡하지 않고 쳐 냈다. 그러자 혁수가 자리에서 벌떡 일어나 부엌으로 다가왔다. 혁수가 한 손을 식탁에 대고 짝다리를 짚은 채 물었다.

"쓸 데가 있다니? 나한테 말도 안 하고?"

"내년에 그린벨트 지정 해지되는 동네가 있대. 지금 거기 투자하면 예상 수익률이 20배야, 20배."

"누가 그런 미친 소리를 해? 너네 그 잘난 선배, 그 사람이 그래? 야 진미영! 너 정신 차려야 해! 그 선배란 년이 다단계에 끌고 들어가서 쫄딱 망했던 거 기억 안 나?"

혁수가 서서히 언성을 높였다. 미영도 그에 맞춰 목소리를 키웠다.

"나중에 선배가 미안하다고 사과했다니까! 그리고 선배도 거기서 돈 다 날렸다고. 선배도 피해자라니까? 그리고 이혁수 너, 말 웃기게 한다. 우리 집이 쫄딱 망한 건 너 때문 아니야? 사업 망해서 나랑 같이 우리 아빠한테 무릎 꿇으러 갔던 건 기억 안 나냐? 그렇게 사장님 소리가 듣고 싶어? 너 그거 병이야 병! 사업병!"

"너 진짜 누구 죽는 꼴 보고 싶냐?!"

"죽을 거면 너 혼자 죽어!!"

미영은 입술을 꾹 씹었다. 늘 이런 식이었다. 혁수와 얼굴을 마주하고 대화를 하면 꼭 누군가 소리를 지르게 되었다. 미영은 혁수에게 순순히 져 줄 생각이 없었다. 혁수 때문에 치러야만 했던 희생을 생각하면 요즘도 열이 뻗쳐서 자다가 벌떡벌떡 일어나고는 했다. 그나마 혁수가 이 핑계 저 핑계를 대고 외박을 하는 동안에는 괜찮았는데, 오랜만에 얼굴을 맞대니 또 똑같은 일을 반복하고 말았다.

미영과 혁수가 서로를 등지고 화를 삭이는 사이, 미영의 핸드폰에 전화가 걸려 왔다. 처음 보는 번호였다. 미영은 깊은 숨을 한 번 내쉬고는 전화를 받았다.

"네, 여보세요."

「여보세요? 엄마? 엄마, 저 우진이에요.」

"어머, 우진아!"

미영은 얼른 핸드폰을 고쳐 잡았다. 핸드폰을 해지하고 출국한 우진은 종종 친구들의 핸드폰을 빌려서 전화를 하고는 했다. 이번에는 어디 가게에서 전화를 빌린 모양인지 국번이 낯이 익었다. 우진이라는 소리에 혁수가 아는 척을 했지만 미영은 휙 몸을 돌렸다.

「엄마 무슨 일 있어요? 목소리가 좀 이상한데요.」

"무슨 일은. 그냥 목이 좀 잠겨서 그래. 그보다 너 어디야? 오늘 온다더니?"

「네, 거의 다 왔어요. 그보다 엄마. 좀 여쭤보고 싶은 게 있어서 전화했는데요.」

우진이 낮은 목소리로 말했다. 전화 너머로도 우진이 망설이고 있다는 게 느껴질 정도였다. 미영은 핸드폰을 얼굴에 바짝 가져다 댔다.

"왜, 무슨 일인데? 급한 거 아니면 와서 물어보지."

「그게…… 어쩌다 보니까 친구랑 같이 왔거든요.」

"친구? 같은 배에서 일하는 사람이야?"

「네, 뭐 그렇죠. 좀 갑작스럽게 정해진 거라 미리 말을 못 했어요. 죄송한데, 같이 가도 될까요?」

"그으럼. 우리 우진이 친구라는데 당연히 환영이지!"

미영은 밝은 목소리를 대답하는 사이 빠르게 머리를 굴렸다. 좁은 집이긴 하지만 하루쯤 손님 대접을 하는 데는 문제가 없었다. 만약 자고 간다고 해도 아들 방을 같이 쓰면 괜찮을 것이다. 미영은 머릿속으로 계산을 마쳤다. 그런데 우진은 무언가를 주저하며 말을 이었다.

「근데…… 이 친구가 몸이 좀 불편해요.」

"그, 그래? 얼마나 불편한데?"

「거동하는 데 도움이 조금 필요할 정도……?」

미영은 자기도 모르게 인상을 찌푸렸다. 우진은 최대한 완곡하게 말했지만 아마 그 친구라는 작자는 그것보다 훨씬 더 몸이 나쁠 것이다. 우진의 성격을 생각하면 꽤 심한 정도를 예상해야 할 것이다. 미영은 저도 모르게 뾰족한 목소리로 되물었다.

"그렇게 몸이 안 좋으면 배에서 일은 어떻게 해?"

「어 그게…… 배에서 사고가 좀, 있었어요. 더는 배를 탈 수 없게 되어서……. 같이 이것저것 좀 알아보려고요. 이, 이 친구가 저 진짜 많이 도와줬거든요! 저 이 친구 없었으면 지금처럼 잘 못 지냈을 거예요. 그래서 그러는데, 어떻게 좀 안 될까요……?」

미영은 어휴, 하고 한숨을 내쉬었다. 착하고 순해 빠진 우진이 살살 말을 돌리는 게 이상하다 했더니 사정이 있었던 것이다. 배에서 내려야 할 정도면 꽤 심하게 다친 게 틀림없었다. 적어도 우진이 쉽게 말을 하지 못할 정도로 큰 문제임은 분명했다.

미영은 오늘 시장에서 본 거지를 생각했다. 양팔이 흔적만 남은 남자는 땅바닥을 짚고 일어나는 것조차 제대로 하지 못했다. 그 몸으로 밥은 어떻게 먹고 화장실은 어떻게 가는지 알 수 없었고 또 궁금하지도 않았다. 미영은 그런 생각을 하는 것만으로도 기분이 나빠졌다. 아무리 아들 친구라고 해도 그런 사람과 한집에서 지내야 한다니……. 미영은 조심스럽게 핸드폰을 고쳐 쥐었다.

"아들. 우리 아들이 마음씨가 착해서 그러는 건 알겠는데, 엄마는 솔직하게 말해서 좀 당황스럽네. 그렇게 중요한 건 조금 더 일찍 말했어야지. 엄마도 어? 사생활이 있고 스케줄이 있는데. 그렇지?"

「미리 말 못 해서 죄송해요…….」

"아냐, 그럴 수도 있지. 그나저나 말이야. 우리 집 사정에 이틀 정도까지는 어떻게 가능할 것 같은데, 그보다 길어지면 좀 힘들 것 같다. 그분도 불편한 몸으로 우리 집에서 지내려면 아무래도 좀 그렇지 않겠어? 따로 뭐 어디, 모텔방이라도 잡고 혼자 있는 게 낫지. 안 그래?"

「그래요……?」

우진이 풀 죽은 목소리로 말했다. 마음이 아프긴 했지만 미영은 어쩔 수 없는 일이라고 생각했다. 이틀 정도면 미영의 선에서는 최대로 양보한 셈이었다. 그보다 길어지면 그 친구라는 사람도, 미영도 불편하기만 할 것이다.

"뭐야? 우진이가 누구 데려온대? 몸이 안 좋은 뭐, 여자 친구?"

대화를 절반만 들은 혁수가 철딱서니 없는 소리를 했다. 미영은 한 손으로 핸드폰 마이크를 가리고는 소곤소곤 사정을 설명했다. 무슨 이야기를 나누고 있는지 비로소 이해한 혁수는 단번에 고개를 절레절레 젓더니 얼른 빼앗다시피 미영의 핸드폰을 낚아챘다.

"크흠. 우진아. 아빠다."

「네 아버지. 그간 건강하셨어요?」

"이 애비 건강은 중요한 게 아니고. 너 지금 그 뭐야, 친구랑 함께 있다면서? 우진아, 네가 친구를 생각하는 마음은 참 좋고 아름답지만 이제 너도 어른이지 않냐. 장애우를 돕는 거? 훌륭한 일이지. 하지만 우리 집안 사정도 생각해야 하지 않겠냐? 장애우들 돕는 건 어디 부자들이나 복지관 같은 시설에서 하는 거지, 우리 같은 개인들이 할 일이 아니에요. 막말로 어, 우리도 도움을 받아야 할 처지지 누굴 도울 여유는 없지 않느냐?"

「그래도…….」

"그래도 우리 아들 친구고, 멀리까지 오셨으니까 그냥 돌려보내는 건 예의가 아니고. 와서 같이 식사하시고 오늘 하룻밤 푹 주무시고 가시라 그래라. 가실 때는 터미널까지 아빠가 태워다 드릴게. 그러면 됐지, 우리 아들?"

「……예, 알겠습니다 아버지.」

우진은 무거운 목소리로 대답했다.

「곧 가겠습니다.」

그렇게 전화를 마치고, 혁수는 미영에게 핸드폰을 던졌다. 미영은 얼른 손을 뻗었으나 핸드폰은 큰 소리를 내며 바닥에 떨어졌다. 미영이 집어 들었을 때는 액정이 깨져서 화면에 가느다란 색색깔 줄이 죽죽 그어져 있었다. 미영은 기가 차서 한숨을 내뱉었다.

"어쩜 한 번을 안 빼놓고 사고를 치냐."

"어차피 고물이었잖아. 우진이 오면 최신 모델로 바꿔 달라고 해."

미영은 더 이상 혁수와 얼굴을 마주하기 싫어서 미뤄 둔 냉장고 정리를 다시 시작했다. 혁수는 무시당하는 건 아무렇지도 않다는 듯 태연하게 거실로 돌아가 텔레비전을 틀었다. 들으란 듯이 한껏 키워 놓은 TV 소리가 공허하게 울려 퍼지는 가운데, 통닭은 차갑게 식어 갔다.

#

금방 온다던 말과 달리 우진은 30분이 지나도록 집에 오지 않았다. 무슨 일인가, 전화를 걸어 보고 싶어도 핸드폰이 고장 나서 그럴 수가 없었다. 결국 혁수의 인내심이 먼저 떨어지고 말았다.

"그 친구인가 뭐시깽이인가 때문에 문제라도 생긴 거

아니야? 혹시 모르니까 나가서 좀 돌아봐야겠어."

"같이 가. 나도 나갈래."

집 주변에는 아무런 일도 없었다. 우진이 주소를 잘못 알고 있을 리는 없었다. 우진은 한 달에 한 번은 꼭 편지를 보냈고, 지금 집이 어디인도 잘 알았다.

미영과 혁수는 조금 더 멀리까지 나가 보기로 했다. 서둘러 걸어서 시장에 도착하자 사람들이 모여서 웅성거리는 모습이 보였다.

"여기서들 뭐 해요? 무슨 일 있어요?"

"아이고, 이제 왔네 이제 왔어!"

떨이 세일이라도 하나 싶어 가까이 가니 미영과 친한 청과상 주인이 호들갑을 떨며 부부를 잡아당겼다. 한데 모여서 수군거리던 시장 사람들은 얼떨떨하게 떠밀리는 미영과 혁수에게 길을 열어 줬다. 청과상 상인은 전화는 왜 안 받느냐며 미영과 혁수를 앞으로, 앞으로 떠밀었다.

"도대체 무슨 일인데 이러세요……?"

영문을 모른 채 끌려온 부부 앞에 참혹한 광경이 펼쳐졌다. 시장 한가운데에 피바다가 펼쳐져 있었다. 새빨간 물감을 담은 물풍선이 펑, 터진 것처럼 시뻘건 피가 사방에 튄 한가운데에 누군가 엎어져 있었다. 거지였다. 어디서 왔는지 알 수 없는, 양팔이 없는 거지가 피바다 한복판에 누워 있었다.

"……어어……?"

왜 이런 끔찍한 장면을 보라고 등을 떠밀었는지 알 수 없어 인상을 찌푸리는 미영의 옆에서 혁수가 새된 목소리를 냈다. 미영이 돌아보자 혁수는 바짝 굳은 채 입을 쩌억, 벌리고 있었다. 충격을 받은 듯 탁해진 눈동자는 거지의, 양팔이 없는 시체의 얼굴을 똑바로 바라보고 있었다. 그 공허한 시선을 따라 고개를 돌린 미영은 자기도 모르게 목소리를 흘렸다.

"……우진아?"

뛰어내리면서 바닥에 부딪힌 충격 때문인지, 절반쯤 함몰되었지만. 배에서 무슨 사고에 휘말렸는지 양팔을 잃었지만. 그동안 얼마나 앓았는지 얼굴이 반쪽이 되었지만. 틀림없이 오늘 돌아오겠다고 한 우진이었다. 왜 진작 못 알아봤는지 이해할 수 없을 정도로, 분명한 부부의 아들이었다.

부부가 망연해 있는 사이. 반쯤 으깨진 우진의 머리에서 덩어리 진 핏덩이가 울컥, 얼굴로 쏟아졌다. 진득한 핏덩이가 입가를 스치자 꼭 입술이 움직이는 것만 같았다.

저 왔어요.

미영과 혁수, 부부의 눈에는 아들이 마치 그렇게 말하는 것만 같았다.

현관문 너머

삑 삑 삑 삑.

비밀번호를 누르고 현관 문을 열면서 형서는 조심스럽게 집 안쪽을 살폈다. 거실에 불이 켜져 있긴 했지만 인기척은 느껴지지 않았다. 형서는 조금 더 눈치를 보다가 가방을 바짝 고쳐 들고 제 방으로 호다닥 달려 들어갔다. 형서는 방문을 꼭 닫고 나서야 겨우 숨을 돌릴 수 있었다.

"어휴, 이게 뭐 하는 짓이냐."

일부러 그렇게 소리를 내어 말을 해 봐도 답답함이 덜어지지는 않았다. 형서는 인상을 찌푸린 채 교복을 갈아입고는 침대에 드러누웠다.

형서는 벌써 며칠째 이렇게 눈치를 보고 있었다. 얼마 전 성적 때문에 엄마와 크게 싸운 것이 원인이었다. 평소에도 갈등이 없었던 것은 아니지만 이번에는 유독 싸움이 커졌다. 고등학교 진학을 앞두고 엄마도 형서도 예민해진 탓이었다.

모녀는 서로 막말에 가까운 험한 말을 마구 던져 댔다. 형서는 순간 가출할까, 생각해 보았으나 집을 나가면 딱히 갈 만한 곳이 없었다. 재워 달라고 할 만큼 친한 친구도 없었고 밤거리를 헤맨다는 상상만 해도 덜컥 겁이 났다. 결국 형서는 엄마를 못 본 척하기로 했다.

형서가 알은척을 하지 않자 기막혀 하던 엄마도 곧 형서를 못 본 척하기 시작했다. 그렇게 시작된 냉전이 벌써 며칠째 이어지는 중이었다. 한 지붕 아래 살면서 서로를 모르는 척하는 게 쉽지 않긴 했지만 형서는 먼저 사과하고 싶은 생각이 요만큼도 없었다.

"에이 씨, 몰라. 핸드폰이나 해야지."

형서는 숙제도 미뤄 두고 침대에 누운 채 핸드폰을 들여다봤다. 동영상 사이트에서 구독해 놓은 채널들을 돌아다니다 보니 시간이 술술 잘도 흘러갔다.

킥킥거리면서 동영상을 본 지 두 시간쯤 지났을 때, 핸드폰 화면 상단에 알림 메시지가 떠올랐다.

엄마: 우리 딸

엄마: 뭐 해?

엄마였다. 형서는 곧바로 미간을 찌푸렸다. 형서와 엄마는 오늘 아침만 해도 서로를 투명 인간처럼 대했다. 지난 며칠간 쭉 그래 왔다. 그런데 이제 와서 갑자기 우리 딸, 하고 부르는 게 마음에 들지 않았다.

"흥. 뭐야."

형서는 엄마의 메시지를 무시하고는 계속해서 동영상을 봤다. 그리고 30분쯤 지나자 엄마가 또 메시지를 보내 왔다.

엄마: 왜 대답이 없어?

엄마: 바빠?

침대에 등을 대고 누워 있던 형서는 몸을 거꾸로 뒤집었다. 자꾸 알람이 떠서 화면을 가리는 게 짜증 났다. 엄마는 형서가 대답할 때까지 계속해서 말을 걸 작정인 것 같았다. 그건 또 그것대로 번거로운 일인지라, 형서는 잠깐 고민하다가 토도독 손가락을 놀렸다.

나: 어.

대화할 생각 없으니까 자꾸 말 걸지 말란 의미로 보낸
단답이었는데 엄마는 형서의 답장을 다른 의미로 해석한
것 같았다. 곧바로 엄마의 메시지가 이어졌다.

엄마: 엄마 지금 집 앞 다 왔거든?
엄마: 바빠도 좀 나와 봐

"아 뭘 또 나오라 그래."
형서는 짜증을 담아 답장을 보냈다.

나: 걍 들어오면 되지 왜 나오라 마라 해?
나: 나 바빠 알아서 들어와

딸이 기분 나쁘다는 티를 팍팍 내는데도 엄마는 집요했다.

엄마: 짐이 많아서 그러지
엄마: 너 좋아하는 떡볶이도 사 왔으니까 문 좀 열어 봐

"아 씨, 떡볶이 별로 안 좋아한다니까. 엄마는 진짜, 자
기 맘대로야."
엄마가 형서의 입맛을 잘 몰라 주는 건 하루이틀 일이

아니었다. 아무리 직장 일이 바쁘다고는 해도 너무했다. 벌써 몇 번이나 말했는데. 그냥 남들이 좋아하니까 딸도 좋아할 거라고 생각하는 거 아닌가. 형서는 그런 생각을 지울 수가 없었다.

형서는 속으로 불만을 삼키면서 침대에서 일어났다. 어쨌든 엄마가 먼저 손을 내밀어 주어서이기도 했고, 엄마가 문을 열어 줄 때까지 계속해서 문자를 보낼 것 같아서이기도 했다. 형서는 제멋대로에 막무가내인 엄마를 중얼중얼 흉보면서 거실로 나왔다.

형서는 곧바로 현관문을 열려다가 잠깐 멈춰 섰다. 집에 왔을 때 대충 벗어서 던져 둔 신발이 눈에 띄었다. 엄마는 정돈되어 있지 않은 물건들을 싫어했다. 이대로 문을 열었다가는 또 쓸데없이 잔소리를 들을 것이다. 형서는 현관문을 열기 전에 신발부터 정리하려고 고개를 숙였다. 그리고 문 밖에서 들려오는 소리를 들었다.

"크흠."

형서는 그 소리를 듣자마자 우뚝 멈춰 섰다. 단단한 철문 너머에서 들려오는 소리는 선명하지 않았지만 남자 목소리였다. 어른들이 담배를 피우고 침을 뱉을 때 내고는 하는 걸걸하고 낮은, 틀림없는 남자 목소리였다.

형서는 자기도 모르게 뒷걸음질을 치며 현관으로부터

물러났다. 그러다 발뒤꿈치가 바닥을 세게 내딛으며 제법 큰 소리가 났다. 형서는 그 자리에 그대로 얼어붙었다. 곧 형서의 핸드폰 화면에 불이 들어왔다.

엄마: 뭐 해? 빨리 문 열어 달라니까?

바깥에서 보내온 메시지였다. 형서는 잔뜩 얼어붙은 채 조심스럽게 걸음을 옮겼다. 양팔에 오소소 소름이 돋아난 팔을 연신 쓰다듬으며 형서는 인터폰 패널로 다가갔다. 떨리는 손가락으로 현관문 버튼을 누르자 패널에 형서네 집 문 앞을 비추는 해상도 낮은 영상이 떠올랐다. 형서는 침을 꼴깍 삼키고는 영상을 살펴봤다.

"……."

현관 앞에는 아무도 없었다. 분명히 누군가 있는 게 틀림없는데, 화면에는 아무도 보이지 않았다. 짐이 너무 많아서 문을 열기 힘들다는 엄마는 보이지도 않았다. 형서는 입술을 질끈 깨물었다.

엄마: 너 자꾸 엄마한테 이럴 거야? 빨리 문 안 열어?

계속해서 전달되는 메시지에는 조금씩 가시가 돋기 시

작했다. 단어와 단어 사이에서 화가 난 누군가의 목소리가 들리는 것만 같았다. 형서는 떨리는 손으로 답장을 작성했다.

나: 그냥 엄마가 비밀번호 누르고 들어오면 안 돼?
엄마: 엄마 짐 많아서 힘들다니까.
엄마: 그리고 도어 락도 좀 이상하네. 고장 났나.
엄마: 네가 안에서 좀 열어 봐.

도어 락을 눌러 보는 것처럼 말하는 메시지와 달리 현관 쪽에서는 아무런 소리도 들려오지 않았다. 기이할 정도로 고요한 적막이 흘렀다. 형서는 얼어붙은 몸을 한층 더 바짝 움츠렸다.

나: 안 열리는 거 맞아? 아까 나 들어올 때는 멀쩡했는데?
엄마: 그사이에 고장 났나 보지

형서는 다시 한 번 인터폰으로 현관문을 확인했다. 그런데 이상했다. 아까까지만 해도 잘 나오던 화면이 먹통이었다. 액정에는 새까만 이미지만이 떠올랐다. 느낌이 안 좋았다. 형서는 어느새 손바닥 가득 잡힌 식은땀을 바지에 벅벅 문질러 닦고는 메시지를 보냈다.

나: 오늘 뭔가 이상한 날인가 봐
나: 인터폰도 갑자기 안 되네
나: 이거 아빠가 지난 주에 고친 건데. 그치?

엄마는 곧바로 답장했다.

엄마: 그러게. 네 아빠 오면 다시 봐 달라 그래야겠다

답장을 받자마자 형서는 다리의 힘이 풀려 그 자리에 주저앉아 버리고 말았다. 여태껏 간신히 눌러 왔던 울음 소리가 터져 나오고야 말았다. 형서는 코를 훌쩍이면서 현관문 너머의 사람에게 메시지를 보냈다.

나: 우리 아빠는 내가 다섯 살 때 돌아가셨는데….
나: 당신 누구야??

온 집 안에 적막함이 내려앉았다. 숨 쉬는 소리마다 들릴 것 같은 침묵이 스쳐 갔다.

엄마: ㅋㅋㅋ

엄마: ㅋㅋㅋㅋㅋㅋㅋㅋㅋㅋㅋㅋㅋㅋㅋㅋㅋ

엄마: ㅋㅋㅋㅋㅋㅋㅋㅋㅋㅋㅋㅋㅋㅋㅋㅋㅋㅋㅋㅋㅋㅋ
ㅋㅋㅋㅋㅋㅋㅋㅋㅋㅋㅋㅋㅋㅋㅋㅋㅋㅋㅋㅋㅋㅋ
ㅋㅋㅋㅋㅋㅋㅋㅋㅋ

달칵달칵달칵달칵!

밖에서 현관문을 열려고 거칠게 손잡이를 돌려 대는 소리가 났다. 그래도 문이 열리지 않자 누군가 철문을 발로 걸어찼다.

"꺄아아악!!"

단단한 철문은 그래도 열리지 않았지만 소리까지 막아 주지는 못했다. 형서는 양손으로 머리를 감싸고는 바닥에 납작 엎드렸다. 쾅쾅거리는 커다란 소리가 형서의 온몸을 뒤흔들어 댔다. 형서는 그대로 눈을 꼭 감고 버텼다. 소리가 사라질 때까지. 현관문 바깥에 있는 사람이 사라질 때까지. 정신을 잃을 때까지⋯⋯.

소음 신고를 받고 출동한 경찰이 도착했을 때, 현관문 앞에는 이미 아무도 없었다. 현관문 아래쪽에 누군가 몇 번이고 걸어찬 흔적이 남아 있을 뿐이었다.

다행히 형서의 엄마는 핸드폰을 잃어버렸을 뿐 무사했다. 일을 나간 사이 딸에게 무슨 일이 일어났는지 알게 된 엄마는 한참을 울었다. 그러고는 곧바로 이사를 준비했다.

그러나 이사를 간 이후에도 잊을 만할 때마다 한 번씩, 형서의 핸드폰에는 메시지가 도착했다.

???: 문 열어

???: 지금 당장

널 죽이러 간다

동생이 자필 편지로 협박당한 썰 푼다

작성자: 우유딴지 202X년 10월 3일 10:35

오늘 좀 얼탱이 없고 귀여운 일 있어서 썰 한번 풀어 봄

우리 집에는 나보다 다섯 살 어린 호적 메이트가 하나 있음
힘들게 낳은 막둥이기도 하고 남자애기도 해서
부모님이 어렸을 때부터 엄청 끼고 돌았음
그래서 성질머리가 더럽고
누나(=본인)를 완전 지 시종 부리듯이 하는데
그 꼴 보기 싫어서 대학을 최대한 집에서 먼 곳으로 왔음
엄빠는 집 근처 대학 다니면서

막내 공부 좀 시키랬는데 알 게 뭐임 ㅋㅋㅋ

서울에서 대학 다니는 동안에는 명절에만 본가 내려갔는데
친척들이 호적 메이트만 둥가둥가 하는 꼴이 눈꼴셨음;;
근데 걔는 막상 ㅋㅋㅋ 수능 망해서 ㅋㅋㅋ
집 근처 쪼끄만 전문대 겨우겨우 들어감 ㅋㅋㅋㅋㅋ
재수하겠다고 ㅈㄹ하는 거 엄빠가 겨우 말렸는데
내가 봤을 때 그 정도면 걔 수준에서 잘 간 거임 ㅋㅋㅋㅋㅋ
그걸 지만 모름 ㅋㅋㅋㅋㅋ

아무튼, 셋이 그렇게 쭉 알콩달콩했으면 좋았을 텐데
짝짜쿵 그들에게도 위기가 닥침
슴살 막내한테 입대 영장이 나와 버림 거임 ㄷㄷㄷ

호적 메이트는 주변에서도 다들 가니까
음, 갈 때가 됐나 싶었나 봄
지금까지 모아 둔 돈하고 군대 간다고
친척들 삥 뜯은 돈으로 놀 계획을 세움

그리고 여기서부터 빡치는 부분(중요)

이 ㅅ | ㄲ | 가 입대하기 전에 서울에서 찐하게 놀겠다고
내 자취방 내놓으라고 통보함 ㅋㅋㅋㅋㅋㅋㅋㅋㅋㅋㅋㅋㅋ

앜ㅋㅋㅋㅋㅋㅋ 다시 생각해도 얼탱이 없넼ㅋㅋㅋㅋㅋㅋㅋㅋ

나 사는 자취방 3평 원룸임ㅋㅋㅋㅋㅋㅋㅋㅋ
(개낡았는데 월세 개비쌈 ^^!!)
학원 다니고 알바 하고 하느라 바빠 죽겠는데
뭘 기어들어 오겠다는 거임 ㅋㅋㅋㅋㅋ

호적 메이트가 당장 방 비우라 그래서
뭐라는 거야 ㅂㅅ인가 하고 전화 끊음 ㅋㅋㅋ
그 뒤에 엄빠가 번갈아 전화하면서
애 방값 아끼면 좋지 않냐고 쌉소리해서 또 끊음 ㅋㅋㅋㅋㅋ

그게 다 어제 일어난 일임.
근데 오늘 아침에 집 밖으로 나와 보니까
손잡이에 뭐가 걸려 있는 거임.
편의점 봉투에 뭐가 들었길래 보니까 메모가 툭 떨어졌음

[널 죽이러 간다.]

그냥 딱 ㅋㅋㅋㅋㅋ 이렇게 쓰여 있었음 ㅋㅋㅋㅋㅋㅋㅋㅋㅋㅋㅋ

그것도 자필로 ㅋㅋㅋㅋ 글씨 개 못 쓰더라 진짜 ㅋㅋㅋㅋㅋㅋ

어휴 멍청한 ㅅㄲ

누님 자취방까지 찾아와서 뻘짓하느라 고생한다

덕분에 아침부터 크게 웃으면서 시작한다

[댓글]

- ㅋㅋㅋㅋㅋㅋㅋ 죽이러 간닼ㅋㅋㅋㅋㅋㅋㅋㅋㅋㅋ

- 동생분이 사람 웃기는 재능이 있으시네 ㅋㅋㅋㅋㅋㅋ

- 남매 캐미 너무 좋아서 웃겨ㅋㅋㅋㅋㅋㅋㅋ

  ↳ **글쓴이** 왜 웃으면서 쌍욕을 하지 노어이;;;

    ↳ ㅋㅋㅋㅋㅋㅋㅋㅋㅋㅋㅋㅋㅋㅋ

    ↳ 찐텐이라 더 웃김 ㅋㅋㅋㅋㅋㅋㅋㅋㅋㅋㅋ

동생한테 협박당하고 있어요!! (2탄)

작성자: 우유딴지   202X년 10월 4일 20:52

어제 20년만에 처음으로 동생한테 자필 편지 받은 사람임.

다들 호적 메이트 썰 좋아해 줘서 좋네

ㅅㅂ 거짓말임 사실 하나도 안 좋음

그눔시끼 뭐가 귀엽다는 건지 모르겠네 빡치게하지마라진짜;;

아무튼 제목에도 적었듯이 오늘은 2탄임

ㅇㅇ 맞음 그 망나니 같은 놈이

오늘도 똥을 싸질러 놓고 갔음 징한놈;;

오늘은 아침에는 아무 일도 없었음

근데 학원 갔다 저녁에 집에 와 보니까 뭔가 이상한 거임

내가 원래 아침에 약해서

급하게 우다다다 튀어 나가느라 정신이 없거든??

화장실 문도 맨날 열어 놓고 산단 말임

근데 오늘은? 집에 와 보니까 화장실 문이 딱 닫혀 있었음

그냥 기분 탓 아니냐고?

ㅇㅇ 나도 처음에는 그렇게 생각했음

화장실 문을 열기 전까지는
그 안이 어떻게 되어 있는지 몰랐으니까........

안에 무슨 일이 있었느냐

무려!!
놀랍게도!!

화장실 슬리퍼가 한 쪽만 남아 있었음!!!!
왼쪽 슬리퍼만 있고 오른쪽 슬리퍼가 없는 거임!!!

하도 어이가 없어서 찾아보니까 슬리퍼 말고 양말도 사라졌더라
물론 왼쪽 양말은 남아 있음^^!!
ㅅㅂ 양쪽이 똑같이 생겼는데
어떻게 귀신같이 한쪽만 가져간 거임??
아직도 이해가 안 되네......

사라진 슬리퍼랑 양말은 아무리 뒤져도 안 나오던데
어따 처박았을까??
ㅎㅏ 내일은 뭐 신고 학교 가냐....
진ㅉㅏ ㅉㅏ증 난ㄷㅏ.......

[댓글]

- 어떻게 ㅋㅋㅋㅋㅋ 한쪽씩만 가져갈 생각을 하냐 ㅋㅋㅋㅋㅋ ㅋㅋㅋㅋ

- 지극정성이다 ㄹㅇ;; 나 같으면 아무리 빡쳐도 저렇게는 안 함;;;

- ㅋㅋㅋㅋㅋ동생한테 연락은 해 봤음??

  ↳ **글쓴이** ㅁㄹ 전화 아예 안 받던데

     차단 박은 모양임 ㅅㅂ 나도 빡쳐서 차단함

- 그래도 남의 물건 버리는 건 좀 아닌 것 같네..

- 비밀번호는 동생이 원래 알고 있던 거야??

  ↳ **글쓴이** 엄마한테 들은 거 같음

- 그래도 신발은 안 가져간 게 어디임 ㅋㅋㅋㅋㅋㅋ

  ↳ **글쓴이** 이 댓 보고 봤더니 겨울 부츠도 한 짝 사라졌다 ^^!!

     와 정말 알고 싶은 정보였는데 알려 줘서 고마워!!

     ↳ 아닠ㅋㅋㅋㅋㅋㅋㅋㅋㅋㅋㅋㅋㅋㅋㅋ

     ↳ 얘가 범인 아니냙ㅋㅋㅋㅋㅋㅋㅋ

동생 테러 ㅈㄴ 심각하다 (3탄)

작성자: 우유딴지   202X년 10월 5일 23:48

니들이 좋아하는 동생 테러 썰 3탄이다

이딴 게 왜 3탄씩이나 있는지 묻지 마라

나도 알고 싶지 않았다....

이번에는 좀 충격을 씨게 받아서 무슨 일이 있었는지만 씀

아침부터 저녁까지 학교-알바-학원 일정이 빡센 날이었음

한 시간쯤 전에 집에 들어왔으니까 밤 10시쯤 귀가한 거 같음

현관문을 딱 열었는데... 그거 뭔지 앎?

영화나 드라마 같은 데서 보면

빈집털이들이 집을 다 엎어 버리잖아?

집이 딱 그 꼴로 뒤집혀 있는 거임

공간 박스 다 뒤집혀 있고,

행거는 무너져서 옷 다 바닥에 굴러다니고

소파는 아예 엎어져 있었는데

그게 그렇게 넘어지는 물건인 줄도 몰랐다

그 꼴을 보는데 난 무슨 4D 영화 체험 같은 건가 했다

뭐지? 왜 내 집이? 개박살이 나 있네?

이게 진짜 내 집인가? 내가 지금 꿈을 꾸나?

그렇게 한 30분쯤 멍하니 서 있었던 것 같은데

이 ㅅㅂㅅㄲ는 오늘도 전화도 안 받고

아니 장난이어도 선이라는 게 있어야 하는 거 아닌가?

애가 이렇게까지 또라이는 아니었던 거 같은데??

하.... 난 모르겠다.....

지쳐서 기운도 없고.... 치울 엄두도 안 난다.........

뭘 어떻게 해야 할지 하나도 모르겠다 와........

[댓글]

- ㄷㄷㄷㄷㄷㄷㄷㄷㄷ;;;;;

- 뭐야 왜 갑자기 호러야;;;;;

- 쓰니야 이건 선 씨게 넘었다...

  현관 비밀번호부터 바꿔야 할 거 같은데...

  ↳ **글쓴이** ㅇㅇ.. 정신 차리자마자 바꿨다...

- 그래도 사이 좋았던 것 같은데 왜 이럼;;

  ↳ 댓주야 눈치 챙겨

  ↳ 눈치 챙겨222

- 갑분싸 오반데;; 주작 아님??

  ↳ **글쓴이** 주작???? 내가 이걸 왜 주작함????

  ↳ **댓글** 나야 모르지

    어그로 끌려고 관종짓 하는 거 아님?

  ↳ **글쓴이** 내가 왜 관종짓을 하는데???

  ↳ **글쓴이** 니가 봤냐?? 넌 어그로 끌려고 방을 터트리냐고??

  ↳ 양심껏 댓삭해라

  ↳ 여기서 꼭 이런 말을 해야 하나..??

미치겠다....

작성자: 우유딴지   202X년 10월 6일 07:22

어제는 그래도 옷은 멀쩡한 줄 알았는데

지금 다시 보니까 전부 가위질돼 있다

왜 몰ㄹ랐지??

모르겠음 지금 머리도 어지럽고 너무 이상함

어제 수면제 있는 거 다 털어 먹고 자서 그런가

뭔가 가구 배치도 달라진 거 같고ㅓ

식탁 위에 협박 메모도 있음

이상하다 나 저거 분명히 버렸는데;;

주작 1도 아니고 리얼 상황임;;

사진 첨부함

*[사진]

[댓글]

- 사진 진짜 심하네;;

- 쓰니야 정신 차려;;;

- 뭐야뭐야 왜 정줄 놨어

- 정병러 ㄷㄷㄷㄷㄷㄷㄷ

- 어? 사진.... 어어.....??

- 진짜 위험한 거 아님?;;

  누구 쓰니 아는 사람 없음???

이게도대체어떻게된거야

작성자: 우유딴지   202X년 10월 6일 09:37

울다가 아무리 그래도 이건 아닌 것 같아서 엄마한테 전화했는데
엄마가 동생이 그럴 리가 없다는 거야
내가 소리 지르고 발작하고 그래도 엄마는 절대 그럴 리가 없대

어떻게 그렇게 확신하냐니까
걔는 지금 중국 가 있다는 거야

내가 방 안 빌려준다고 하니까
그럼 차라리 그 돈으로 중국 배낭 여행을 간다 그랬대
핸드폰 로밍도 안 해 가서 연락이 안 되긴 하는데
분명 엄마 아빠가 공항에서 배웅도 했대

그럼 뭐야??

내가 받은 쪽지는?? 내 양말 훔쳐간 사람은 누구야??
어?? 어떻게 된 거냐고????

나만 미친년 된 거야??

[댓글]

- 빨리 경찰부터 불러!!!

  ↳ **글쓴이** 뭐라고 해?? 경찰이 이런 걸로도 와??

- 지금 당장 집 밖으로 도망치라고!!!!!!

  ↳ **글쓴이** 무섭게 왜 그래?? 집이 더 안전하지 않아??

    어제 비밀번호도 바꿨는데…

  ↳ **댓글** 비밀번호고 뭐고 지금 당장 나가라고!!!

  ↳ **글쓴이** 나 진짜 무서워ㅠㅠㅠ 왜 그래 ㅠㅠㅠㅠ!!

    ↳ 진정해 왜 너까지 ㅈㄹ이야??;;

    ↳ 알아듣게 설명해야지

  ↳ **댓글** 사진!! 니네 사진 못 봤어?!

  ↳ **댓글** *[사진 확대]

    ↳ 어.....??

    ↳ 저거 뭐야???!!

  ↳ **댓글** 놀란 티 내지 말고

    전화하는 척하면서 문 열고 밖으로 나가

    그리고 무조건 사람 많은 곳으로 가

  ↳ **글쓴이** 나

    ↳ 쓰니야..?

    ↳ 괜찮은 거지 쓰니야??

    ↳ 아 ㅠㅠㅠㅠㅠㅠㅠㅠㅠ.....

동생 테러 썰 어떻게 됐는지 아는 사람?

작성자: 클릭클   202X년 11월 28일

그러고 보니 전에 여기에
무슨 이상한 사진 올리면서
동생한테 테러당했다던 썰 있지 않았음?
그거 어떻게 끝났는지 못 봤는데
어떻게 됐는지 아는 사람?

[댓글]

- 모름

    ↳ **글쓴이** 니가 모르는 거야 아무도 모르는 거야?

    ↳ **댓글** 그 뒤로 아무런 소식도 안 올라옴

    ↳ **글쓴이** 엥... 관련 뉴스 같은 것도 없어??

    ↳ **댓글** 없음

- 뭐야 무슨 일이 있었는데??

    ↳ **글쓴이** 위에 말한 그대론데, 잠깐만.. 원글 찾아옴

    ↳ **글쓴이** 에엥? 뭐야? 글 다 사라졌는데?? 누가 지웠어?

    ↳ 그걸 지우긴 누가 왜 지움

      말하기 전에 생각하자

    ↳ 누가 또 도시괴담 시작했냐?

      ↳ **글쓴이** 아니 중간까지 분명히 봤는데

      ↳ **댓글** 우웅 증명 못 하죠? 뇌피셜이죠?

      ↳ **글쓴이** ㅅㅂ 됐다 니 맘대로 생각해라

    ↳ 널 죽이러 간다

      ↳ **글쓴이** 이건 또 뭐 하는 놈이야?

7474074

띠링.

주영이 식판을 들고 자리에 앉았을 때 핸드폰에서 맑은 소리가 났다. 주영이 주섬주섬 주머니에서 핸드폰을 꺼내 들자 화면에 알람이 하나 떠올라 있었다.

"08574? 이게 뭐야?"

알람을 울린 것은 메신저 앱도 아니었다. 졸업을 앞두고 학과 안내를 놓치지 않기 위해 깔아 둔 대학교 전용 앱에 영문을 알 수 없는 숫자 메시지가 도착한 것이었다. 혹시 몰라 눌러 봤지만 메시지를 발송한 것은 전혀 모르는 사람이었다. 학번도 본 적 없었고, 프로필 사진은 기본으로 설정되어 있었다. 이게 도대체 뭐람. 주영은 인상을 찌푸렸다.

"왜 그러고 있어? 오늘 학식 메뉴 별로야?"

주영이 영문을 모르겠는 메시지를 들여다보고 있는 사이 누군가 건너편 자리에 자연스럽게 앉았다. 한솔이었다. 한솔은 주영과 같은 영문과 동기였다. 둘은 취향도 비슷하고 성격도 잘 맞았다. 공부도 곧잘 해서 과에서도 상위권을 달렸다. 비록 지난 학기에 둘이 같이 신청한 장학금 지원 사업에서 주영만 선정되는 바람에 사이가 어색해질 뻔했지만⋯⋯ 한솔은 한 명이라도 받아서 다행이라며 결과를 쿨하게 받아들이고 이전과 똑같이 주영을 대했다. 그때부터 주영은 한솔을 완전히 믿고 의지하게 되었다.

한솔은 졸업을 앞두고 한 학기를 휴학하기로 했지만 학과 조교 아르바이트는 계속했기 때문에 두 사람은 별다른 일이 없으면 매일 같이 점심을 먹고는 했다.

주영은 라면 한 그릇을 들고 자리에 앉는 한솔에게 핸드폰 화면을 보여 줬다.

"아니, 학식이 아니라. 갑자기 이런 게 와서."

"08574? 뭐야?"

"나도 몰라. 모르니까 신경 쓰이는 거지."

"옛날에 쓰던 삐삐 암호 같은 거 아니야? 8282 빨리빨리, 그런 거 있잖아."

"그런가?"

일리가 있는 말이었다. 주영은 공팔오칠사, 영팔오칠사 하고 소리 내 말해 봤다. 그래도 머릿속에 떠오르는 것은 아무것도 없었다. 주영은 곧 고개를 절레절레 흔들었다.

"아, 몰라. 누가 잘못 보낸 거겠지."

"흠, 그래. 그럴지도 모르지."

"그런 것보다 말이야. 응용언어학 과제 했어? 잘 이해가 안 되는 데가 있던데."

"어디어디?"

주영은 영문을 알 수 없는 숫자들을 머릿속에서 지워 버리고 당장 눈앞의 일에 집중하기로 했다.

#

별일 없을 것 같던 전망과 달리 주영은 다음 날에도 식당에 앉아 인상을 찌푸리고 있었다.

"왜 또 죽상이야?"

쟁반에 라면과 단무지를 담아 온 한솔이 묻자 주영이 한숨을 폭 내쉬고는 핸드폰 화면을 보여 주었다. 화면에는 디자인이 투박한 학교 앱의 메신저 창이 떠올라 있었다.

"18056, 12746, 16537……. 이게 다 뭐야?"

"나도 몰라. 어제 그 이상한 사람이 뭘 계속 보내잖아."

한솔은 화면을 스와이프해서 지난 대화를 살펴봤다. 상대는 다른 말은 한 마디도 하지 않고 의미를 알 수 없는 숫자만을 계속해서 보내 왔다. 주영이 누구냐, 왜 이러냐, 사람 잘못 알고 있는 거 아니냐 등의 말을 해도 일절 대꾸하지 않았다.

"와, 누군지는 몰라도 진짜 독한 놈이네. 왜 이래?"

"내가 묻고 싶다."

"알람 꺼 버리면 안 돼?"

"요즘 과 사무실에 구인 공고 올라오는 시즌인데, 그거 다 학교 앱에 가장 먼저 올라오잖아. 알람을 어떻게 꺼. 하 진짜, 열받아. 이제 알람 소리만 들려도 짜증부터 난다니까."

시도 때도 없이 울려 대는 알람이 신경 쓰여어 주영은 지난밤 제대로 잠을 자지 못했다. 갑작스러운 일 때문에 짜증이 쌓이니 입맛도 없고, 괜히 신경질적이 된 것 같아 기분도 나빴다.

젓가락 끝으로 학식 세트를 깨작거리는 주영과 달리 한솔은 라면을 후룩후룩 집어 먹었다.

"이건 좀 심하네. 알아봐 줄까?"

"네가? 어떻게?"

"그 이상한 애 아이디 나오잖아. 조교 컴퓨터에서 아이디로 학번 조회할 수 있을걸?"

"그런 게 돼? 인문학과 조교 쓸 만하네."

"야, 조교가 뭐냐. 아무거나 다 하는 사람 아니냐."

한솔은 싱겁다는 듯 짧게 웃고는 남은 라면 국물을 들이켰다. 이상한 메시지 때문에 한탄하는 사이에 점심 시간이 끝나 갔다.

"알아보고 이따 연락할게. 별거 아닐 거야. 누가 취뽀하다가 정신 나가서 이상한 짓 하는 거겠지."

"그래, 그랬으면 좋겠다."

한솔이 먼저 자리에서 일어났다. 주영은 한솔에게 손을 흔들어 주고는 심호흡을 했다. 갑작스러운 메시지 때문에 짜증이 나긴 했지만 이야기를 나누니 조금 살 것 같았다. 역시 어려운 일이 있을 때는 상담할 사람이 있어야 한다. 그런 점에서 한솔은 언제나 믿을 만한 친구였다. 주영은 자리에서 일어나 남은 음식을 잔반통에 털어 넣었다. 오후 수업에서 졸지 않으려면 커피라도 한 잔 해야 할 것 같았다.

그리고 그 날 저녁. 한솔은 약속대로 주영에게 연락을 했다.

– 야, 너한테 이상한 메시지 보낸다는 사람 있잖아. 아이디 찾아봤는데 사학과 학번이 뜬다? 하이닝? 하이징? 뭐 그런 이름인 거

보니까 중국 유학생 같은데. 이게 좀 이상한 게……. 이 사람 올해 초에 우리 학교 자퇴하고 귀국했다고 나오거든? 학교 앱 권한은 다 정지된 거 같은데. 이 사람 맞아? 나한테 아이디 잘못 알려 준 거 아니고?]

주영은 한솔이 보낸 메시지를 세 번이나 다시 읽고는 자리에서 벌떡 일어나 겉옷을 껴입었다. 어쩐지 온몸이 으슬으슬하게 떨렸다. 결국 주영은 그날 밤 한숨도 자지 못하고 말았다.

#

"12746…… 18056…… 5376……. 이게 다 도대체 뭐야!!"

정체를 알 수 없는 수상한 메시지는 시간이 지나도 계속되었다. 처음에는 하루에 한두 번씩 오던 메시지는 점차 늘어나서 한 시간에도 몇 번씩이나 쏟아졌다. 학교 앱에는 메시지 차단 같은 기능이 처음부터 탑재되어 있지 않았다. 주영은 어쩔 수 없이 그 모든 메시지를 받아야만 했다. 참다 못해 앱 알람을 꺼 보기도 했지만 소용없었다. 알람을 끄면 잠깐 동안은 조용해졌지만 어째서인지 곧 다시 띠링띠링, 알람 소리가 나기 시작했다. 주영은 간단한 앱조차 제대로 못 만들어 놓은 학교가 원망스러웠다.

학과 사무실에도 항의해 봤지만 소용없었다. 조교들도 교무원들도 모르는 일이라고 고개를 흔들기만 했다. 주영은 그럼 내가 겪고 있는 이 이상한 현상은 다 뭐냐고 빽 소리를 지르고 싶었지만 그럴 수 없었다. 이제 곧 졸업이다. 다른 동기들과 달리 아직까지도 직장을 잡지 못한 주영에게는 더할 나위 없이 중요한 시기였다. 이렇게 중요할 때 문제를 일으킬 수는 없었다. 일이 잘못되기라도 해서 졸업이 밀리면…… 제때 취직하지 못하면…… 지금까지 쌓아 온 스펙이 전부 물거품이 되기라도 하면…… 그런 상상을 하기만 해도 주영은 숨이 턱턱 막히는 것 같았다. 결국 주영은 경찰서를 찾아가는 대신 이 짜증 나는 시간이 언젠가는 지나가리라 믿고 버티기로 했다.

띵동―!

주영이 손톱 끝을 잘근잘근 씹고 있는데 갑자기 자취방 벨이 울렸다. 숫자 메시지 때문에 알람 소리에 민감하게 반응하게 된 주영이 반사적으로 고개를 팍 치들었다. 오래 씹어서 물렁해진 검지 손톱이 순간의 힘을 이기지 못하고 찍, 찢어졌다. 손가락 끝에서 짜릿한 통증이 일어나더니 이내 핏물이 후두둑 떨어졌다. 주영은 피가 맺힌 손끝을 짜증스럽게 쳐다보다가 인터폰을 살펴봤다. 한솔이었다. 어두워진 밤거리를 배경으로 한솔이 인터폰 카메라를 향해 손을 흔들고 있었다. 주영은 얼른 문 열림 버튼을 눌렀다.

"문 여는 데 왜 이렇게 오래 걸려?"

"으응, 뭐 좀 하느라."

"으이그, 죽 다 식겠다."

한솔이 호들갑을 떨며 사 가지고 온 죽을 차리기 시작했다. 한솔이 자기 집처럼 접시며 수저를 꺼내 오는 모습을 본 주영은 마음이 편안해졌다. 이상한 숫자 메시지와 관련된 모든 사정을 알고 있는 한솔은 주영을 살뜰하게 돌봐 줬다. 주영이 남들에게 말 못 하고 혼자 끙끙거리고 있으면 조용히 커피 한 잔을 사 줬고, 위장이 아파 밥도 못 먹고 시름시름하고 있으면 지금처럼 죽을 사 왔다. 주영에게 한솔은 정말 둘도 없는 친구였다.

"무슨 죽을 매일 사 오고 그래."

"사 주고 싶으니까 그렇지. 일단 먹어, 먹고 이야기해. 보나마나 오늘도 속 쓰리다고 아무것도 안 먹었지?"

주영은 마지못하는 척을 하며 숟가락을 들었다. 한솔이 죽을 차리는 동안 손가락에는 몰래 밴드를 감아 놓았다. 한솔은 밴드를 알아봤지만 아무런 말도 하지 않았다. 주영은 친구의 그런 따듯한 관심이 고마웠다.

주영이 아직 따끈따끈한 참치야채죽을 절반 정도 먹자, 한솔이 조심스럽게 말을 꺼냈다.

"주영아. 너 혹시, 누구한테 뭐 잘못하고 그런 거 없지?"

"뭐? 갑자기 무슨 소리야?"

주영은 밑반찬으로 같이 온 동치미 국물을 떠 먹다 말고 고개를 갸웃했다.

"왜 갑자기 그런 걸 물어봐? 혹시 누가 뒤에서 나한테 뭐라 그래?"

"아니, 그런 건 아니고……."

한솔은 난처한 표정으로 말끝을 흐렸다. 주영은 고개를 갸웃거릴 수밖에 없었다. 주영은 다른 사람들과 특별히 트러블이 있었던 적이 없었다. 기본적으로 주영은 다른 사람의 사정에 크게 관심이 없었다. 누가 뭐라든 그렇구나, 하고 넘기는 편이었고 사람 만나는 걸 좋아하지 않아 친구라고 할 만한 사람도 별로 없었다. 착하다고 호구 잡힐 정도도 아니고 눈에 띄게 이기적이지도 않은, 평범한 사람이었다. 주영은 한솔이 이렇게 조심스럽게 물어볼 만한 일이라고는 떠오르는 바가 하나도 없었다.

"아니 이게…… 어휴, 확실한 건 아니니까 이런 것도 있구나, 하고 들어 그냥. 나도 찾아보고 좀 놀랐으니까."

"뭔데 그렇게 뜸을 들여? 사람 불안하게?"

주영은 아예 수저마저 내려놓고 한솔을 쳐다봤다. 그러자 어쩔 수 없다는 듯, 한솔이 내키지 않는다는 얼굴로 주영에게 핸드폰을 꺼내 보여 줬다.

"너한테 숫자 메시지 보내는 이상한 계정 있잖아. 하필이면 중국 유학생 계정을 쓴 게 이상해서 내가 좀 찾아봤거든. 중문과 쌤한테도 물어보고. 그랬더니…… 중국 암호라는 게 있다는 거야."

"뭐? 중국 암호? 그게 뭐야?"

"우리 전에 말했던 삐삐 암호 있잖아? 8282 빨리빨리, 그런 거랑 비슷한 건데. 숫자 발음 가지고 말을 만드는 거야."

"어떻게 하는 건데?"

"난 중국어 할 줄 모르니까 모르지. 대신 중문과 조교 쌤한테 이미지를 하나 받았는데. 여기 보면 무슨 숫자가 무슨 뜻인지 다 나오거든. 너 가장 처음에 받은 메시지가 뭐라고 했지?"

"어…… 08574. 08574 맞을 거야."

주영은 핸드폰을 꺼내 보지 않아도 문제의 숫자를 기억해 낼 수 있었다. 주영이 숫자를 부르자 한솔이 자기 핸드폰에 띄운 이미지를 확대하더니 어느 한 구석을 가리켰다.

"08574…… 여깄다. 이거 봐."

숫자와 의미가 표로 잘 정리되어 있는 이미지에는 주영이 그토록 알고 싶었던, 숫자 메시지의 뜻이 적혀 있었다.

"08574…… 너 때문에 화나 죽겠어……?"

주영은 마른침을 꿀꺽 삼켰다. 이제야 밝혀진 암호의 뜻을 읽는 목소리가 자기도 모르게 떨렸다. 한솔은 이해한다는 듯이 천천히 고개를 끄덕이고는 아예 주영에게 핸드폰을 넘겼다. 주영은 더듬거리며 자기 핸드폰을 찾아 학교 앱을 켰다. 메신저에 가득 쌓여 있는 숫자들을 하나하나 찾아서 그 뜻을 확인했다.

"18056…… 너 나 무시했어……. 12746…… 너 구역질 나……. 16537…… 넌 나를 화나게 했어……. 5376…… 5376은……."

"'나 화났어'야."

주영이 떠듬거리자 한솔이 대신 대답했다. 주영은 이제 말뿐만 아니라 손끝까지 덜덜 떨렸다. 팔뚝에 오소소 소름이 돋아났다.

"이게…… 이게 뭐야? 한솔아, 이게 다 진짜야……?"

"그러니까 물어봤잖아. 누구한테 잘못한 거 없냐고."

"없어! 나 그런 적 없단 말이야! 누구야 이거, 왜 이러는 거야? 미친놈 아니야?!"

주영은 자리에서 벌떡 일어났다. 몸이 덜덜 떨렸다. 주영은 자기도 모르게 손가락을 입에 가져다 댔다. 밴드를 감은 손가락을 이로 잘근잘근 씹자 비릿한 피 맛이 흘러나왔다. 손끝에서 익숙한 통증이 일어나자 간신히 정신이 들기 시작했다.

숫자는 전부 암호였다. 그것도 흉흉하기 짝이 없는, 수상하고 음침한 암호였다. 이럴 줄 알았으면 차라리 무슨 의미인지 모를 걸 그랬다. 뜻을 알게 되자 누군지 알 수 없는 사람의 악의가 더 뚜렷하게 느껴졌다.

그렇다. 문제는 악의였다. 누군가 주영에게 아주 끔찍한 악의를 품고 있는 게 틀림없었다. 그런데 도대체 누가? 주영은 떠오르는 얼굴도, 이름도 없었다.

"진짜 아무 잘못도 안 하고 산 거 맞아?"

"그렇다니까! 너도, 네가 제일 잘 알잖아! 네가 내 가장 친한 친구니까, 너는 알 거 아니야!"

"그래? 진짜 그렇게 생각해?"

"뭐……?"

주영은 문득 커다란 위화감을 느꼈다. 무언가 이상했다. 한솔의 목소리가 평소와는 달랐다. 상냥하고 따뜻한 목소리가 아니라, 차갑고 무심한 목소리로 말을 했다.

"설마설마 했는데……. 진짜 그렇게 생각하는구나? 너 진짜 대단하다, 김주영."

"왜, 왜 그래?"

착각이 아니었다. 한솔이 차갑다 못해 냉랭한 얼굴로 주영을 올려다보고 있었다. 주영은 한 번도 그런 얼굴을 본 적이 없었다. 한솔은 입가를 비뚜름하게 일그러트리고는 짧게 웃었다.

"하하, 넌 맨날 그러더라. 너는 아무런 상관도 없는 척, 아무런 잘못도 안 한 척. 진짜 웃겨. 속아 넘어간 내가 등신이지."

한솔은 자리에서 천천히 일어났다. 주영은 자기도 모르게 뒷걸음질을 치려다가 다리에서 힘이 빠져 볼품없이 넘어져 버리고 말았다. 한솔은 우스꽝스러운 주영을 한심하다는 눈으로 내려다봤다.

"교수님한테 다 들었어."

"뭐, 뭘?"

"지난 학기에 신청한 장학금 사업. 너랑 나랑 동점이었잖아. 그때 네가 교수님 찾아가서 그랬다며. 너희 집 찢어지게 가난하다고. 지금 사는 자취방도 월세 밀렸다고."

"그, 그건……."

"너 진짜 웃긴다. 너네 집 사업 크게 하잖아. 너 월세 밀린 것도 부모님하고 싸우고 용돈 끊겨서 그런 거잖아. 그때 너 나한테 돈 빌려 갔지? 집에서 쫓겨났다고? 너는 알

잖아. 우리 집이 편모 가정이라 가난한 거. 나 알바 두 탕,
세 탕씩 뛰면서 우리 엄마 병원비 내고 있는 거. 넌 뭐, 양
심 같은 게 없냐?"

"그때는 진짜 돈이 없었는데……."

"네가 울면서 돈 없다 그래서! 나는 너 돈 빌려주고! 일
하는 편의점에서 폐기 나오는 거, 점장 눈치 봐 가면서 가
져다 먹으면서 살았어! 그래, 부모님이랑 싸워서 그랬다
는 이야기 듣고도 화가 났지만, 그럴 수 있다고 생각했어.
근데 장학금은 너무하지 않았냐? 그렇게까지 해서 장학금
을, 내 장학금을! 네가! 뺏어가야 했냐!!"

"어…… 으으……."

주영은 무슨 말이든 대꾸하고 싶었지만 입이 잘 움직여
지지 않았다. 기분 탓이 아니었다. 몸을 움직이는 감각이
어째서인지 둔했다. 정신이 자꾸만 멀어지려고 했다. 눈
을 똑바로 뜨고 있기가 힘들었다. 주영은 겨우겨우 몸을
뒤로 물리면서, 고무 같은 혀를 움직여서 말했다.

"나, 나한테…… 뭘 한 거……야?"

"하, 넌 태평해서 좋겠다. 그러니까 남의 장학금도 태연
하게 빼앗고 잊어버리고. 나한테 나쁜 짓을 했다는 죄책감
도 없고. 내가 학교 앱 가지고 너한테 거짓말을 할 수 있다
는 상상도 못 하고. 좋다고 내가 가져다주는 거 다 받아먹

고. 아까 그 죽에 내가 무슨 약을 탔는지도 모르지? 내가
그럴 수 있다고 의심도 안 했지? 넌 그런 사람이니까.”

“약······?”

이제야 어떻게 된 일인지 알 것 같았다. 다 늦어 버린
지금에야, 주영은 사정을 이해할 수 있었다. 주영의 팔에
서 힘이 빠져나갔다. 주영은 바닥에 완전히 등을 대고 쓰
러져 버렸다. 한솔은 주영에게로 성큼성큼 걸어와 귓가에
속삭였다.

“7474074.”

주영이 정신을 차리지 못하고 신음하자 한솔이 다시 한
번 속삭였다.

“나가 죽으라고. 나가 죽어. 너 같은 건, 나가 죽어. 나가
죽어 버려. 죽어. 죽어. 죽어. 죽어. 나가 죽어. 김주영. 죽
어. 죽어 버려. 나가 죽어. 죽어.”

기쁜 듯이 속삭이는 한솔의 목소리를 마지막으로, 주영
은 완전히 정신을 놓아 버리고 말았다.

\#

“저 왔습니다.”

한솔이 인사하며 학과 사무실 안으로 들어섰다. 그러자

옆자리 조교가 아는 척을 했다.

"한솔 쌤 요즘 얼굴이 좋네. 뭐 좋은 일이라도 있었어요?"

"아 뭐, 고민거리가 하나 있었는데 해결했거든요. 그렇게 좋아 보여요?"

"어어, 아주 폈어요."

그러더니 옆자리 조교가 막 생각났다는 듯 한솔을 돌아봤다.

"그러고 보니 말이에요. 한솔 쌤 친구라던 그, 김주영이라는 분. 요즘 수업이고 뭐고 하나도 안 나온다고 그쪽 학과장님이 찾으시던데. 무슨 일 있어요?"

"그래요? 전 잘 모르겠는데. 별일 아니겠죠."

"그런가? 에이, 한솔 쌤이 아니라면 아니겠지 뭐."

한솔은 대답 대신 밝게 웃어 보였다. 주영이 어디 있는지 아는 사람은 이 세상에 단 한 사람밖에 없었지만 한솔은 주영을 찾을 생각이 조금도, 아주 조금도 없었다.

형을 집행한다

연말을 맞아 왁자지껄한 이자카야를 앞에 두고 진오는 옷매무새를 가다듬었다. 그나마 말끔한 것을 꺼내 입었는데, 오랜만에 걸친 셔츠가 아무래도 어색했다. 그래도 이대로 돌아갈 수는 없다. 진오는 손가락으로 셔츠 깃을 괜히 한 번 잡아당기고는 이자카야 안으로 들어섰다.

가게 안쪽으로 들어가자 장지문으로 구분되어 있는 방들이 나왔다. 그중 가장 안쪽, 큰 방에는 '종신중학교 2학년 3반 동창회 연말 모임'이라고 적힌 화이트보드가 걸려 있었다. 방 앞에는 척 봐도 번쩍번쩍한 구두가 열댓 켤레나 늘어서 있었다. 진오도 아는 유명한 브랜드 제품도 적지 않았다. 진오는 애써 그것들을 외면하고 장지문을 옆으로 당겨 열었다. 드르륵, 문이 열리자 방 안쪽에 고여 있던 소음이 바깥으로 쏟아져 나왔다.

"⋯⋯그러니까 그때 말이야⋯⋯!"

"웃기고 있네! 네가 무슨⋯⋯!"

문이 열리자 화기애애하게 열이 올라 있던 목소리가 갑작스럽게 뚝 끊겼다. 방 안에는 열 명쯤 되는 남녀가 자연스럽게 뒤섞여 있었다. 얼굴이 발개질 때까지 술을 마셨는지 살짝 힘이 풀린 눈길들이 진오에게 날아와 꽂혔다.

"어⋯⋯."

진오는 자기도 모르게 신음을 흘리며 침을 꿀꺽 삼켰다. 머리부터 발끝까지 빠르게 훑는, 인간의 견적을 내는 시선이었다. 상대가 누구인지, 이 자리에 낄 자격이 있는 사람인지 판단하려는 의도가 선명했다.

진오가 자기도 모르게 뒤로 한 걸음 뒷걸음질 칠 뻔한 순간, 뿔테 안경을 쓴 남자가 진오에게 대뜸 손가락질을 했다.

"너! 진오! 김진오 맞지?"

뿔테 안경이 소리치자 사람들이 쑥덕거리기 시작했다.

"김진오? 그런 애가 있었어?"

"나 생각났어! 그 왜, 1학기 중간에 전학 왔다가 여름방학 끝나고 다시 전학 간 애 있었잖아."

"아, 걔가 걔야?"

이름이 나오자 몇몇이 진오를 기억해 냈다. 여전히 많은 사람들이 모르겠단 얼굴로 진오를 쳐다봤지만 처음 방에 들어섰을 때 느껴졌던 경계심은 사라지고 없었다.

　대충 분위기가 정리되자 뿔테 안경이 자리에서 벌떡 일어났다. 뿔테 안경은 진오를 가까운 자리에 앉히고는 안 쓴 술잔이니 수저니 하는 것들을 챙겨 줬다.

　"야 김진오, 지금까지 아무리 불러도 답장 한 번을 안 하더니 무슨 일이야? 아무튼 반갑다!"

　"어어, 그래."

　뿔테 안경은 진오에게 소주를 한 잔 가득 따라 줬다. 진오는 머뭇거리다가 찰랑찰랑하게 찬 소주를 한 입에 털어 마셨다. 미지근하게 식은 소주가 닿은 입천장이 알큰하면서도 달았다. 진오가 컥컥, 헛기침을 하자 뿔테 안경이 키득거리며 웃었다.

　"뭘 그렇게 급하게 마셔? 다른 애들은 몰라도 넌 천천히 마시면서 이야기 좀 해야지. 그동안 어디서 뭐 하고 사느라 서른이 넘도록 동창회에 코빼기도 안 비쳤는지 궁금해 죽겠다."

　"그냥…… 이거저거 하느라 바빴지. 그나저나 너는 날 어떻게 알아봤냐?"

　"딱 보면 딱 알지! 내가 사람 하나는 기가 막히게 기억

하지 않냐. 그 재주로 이 박형진이 학급 회장도 하고, 동
창회장도 하고, 영업맨도 하고 있다 아니냐!"

흥이 올랐는지 뿔테 안경을 쓴 형진은 요즘 무슨 일을
하는지 구구절절 늘어놓았다. 대학을 졸업한 뒤 제법 괜
찮은 제조업체의 영업직으로 들어가서 좋은 성과를 내고
있다는 뻔한 소리였다. 진오는 적당히 맞장구를 치며 눈
치를 살폈다. 이야기를 하다 보니 박형진이라는 사람이
어떤 사람이었는지 천천히 떠올랐다. 형진은 오지랖이 넓
어서 대화에 자주 끼어들고는 했다. 사람을 잘 기억하고
소문에도 밝아서 어딜 가나 환영받는 밝고 재치 있는 캐
릭터였다.

"그래, 네 덕분에 살았다. 너 없었으면 뻘쭘해서 죽어
버렸을지도 몰라."

"에이, 낯부끄럽게 무슨 칭찬이야. 그런 건 됐고, 너 다
른 애들 하나도 모르지? 그럼 안 되지. 아무나 찍어 봐. 내
가 다 알려 줄게."

형진이 소주를 거칠게 털어 마시더니 호기롭게 외쳤다.
진오는 이자카야 방 안을 슬쩍 훑어봤다. 다른 애들은 이
미 진오에게 흥미를 잃었는지 자기들끼리 삼삼오오 모여
떠들기 바빴다. 그럴 만도 했다. 진오가 종신중학교에서
보낸 시간은 길지 않았다. 그렇게 눈에 띄는 타입도 아니

었으니 자연스레 잊혔을 것이다.

어쨌든, 진오는 형진의 제안을 받아들이기로 했다. 이대로 둘이서만 이야기하는 것도 재미가 없을 것이고, 형진의 능력을 보고 싶기도 했다. 진오는 고민하다가 세련된 단발을 한 여자를 가리켰다.

"쟤는?"

"서다영. 관현악부. 대학은 일반과로 갔지만 플루트는 취미로 계속해서 지금은 작은 유튜브 채널을 운영하고 있어."

"진짜 잘 아네. 그럼 저기 쟤는?"

"최국주. 지네 대장이랑 같이 애들 패고 다녔는데, 넌 중간에 전학 가서 모를 수도 있겠다. 고등학교 가서 똑같이 깝치다가 복싱하는 형들한테 처맞고 바로 체육관 등록했잖아. 요즘은 그때 그 관장님 도와서 체육관 일 돕는다더라. 양아치 따까리나 하던 놈이었는데, 사람 됐어 아주."

형진은 진오가 누굴 가리킬 때마다 말을 술술 쏟아 냈다. 사람 잘 기억한다고 자신할 만했다. 진오는 신기한 마음에 계속해서 형진에게 말을 시켜 보았는데, 곧 재미가 없어지고 말았다.

"다들 잘 사나 보네."

형진의 말에 따르면 다들 그럭저럭 잘 살고 있는 것 같았다. 나쁜 일은 아니고 분명 축하할 만한 일이지만, 듣다

보니 김이 빠졌다. 진오가 눈에 띄게 흥미를 잃자 형진이 잔을 비우며 어깨를 으쓱했다.

"적당히 살 만하니까 동창회도 나오고 그런 거지. 사람 사는 게 다 거기서 거기 아니겠냐. 너도 그렇잖아."

"그래…… 나도 그냥저냥 그렇지……"

진오는 떨떠름한 얼굴로 소주를 마셨다. 술은 아까나 지금이나 똑같을 텐데 어쩐지 쓴맛이 독한 것 같았다. 진오는 반쯤 벽에 몸을 기댄 채 생강 초절임으로 입가심을 하다가 주먹으로 허벅지를 툭 내리쳤다. 그러고 보니 청산유수처럼 말이 술술 흘러나오는 형진의 입에서 유독 나오지 않은 이름이 있었다. 그 이름이 퍼뜩 떠올랐다.

"이효서."

진오가 세 글자 이름을 내뱉은 순간. 누군가 숟가락을 떨어트리는 날카로운 소리가 울려 퍼졌다. 진오는 무심코 소리가 난 곳을 향해 고개를 돌렸다가 숨을 흡, 들이켰다. 조금 전까지 정답게 웃으며 이야기를 나누던 사람들이 자신을 쳐다보고 있었다. 입을 꾹 다물고, 하던 일을 멈춘 채, 품은 뜻을 알 수 없는 불투명한 눈길이 진오에게 꽂혔다.

"야."

형진이 뒤에서 진오의 어깨를 쿡 찔렀다. 진오는 화들짝 놀라서 몸을 뒤틀다가 바닥에 엎어지고 말았다. 형진은 난처한 얼굴로 진오를 내려다보다가 주섬주섬 외투를 챙겨 입었다. 영문을 모르는 진오의 낡고 무거운 패딩 점퍼까지 챙겨 든 형진은 장지문을 향해 고갯짓을 했다.

"나와. 담배 좀 태우자."

형진은 반쯤 억지로 진오를 끌고 이자카야 건물 밖으로 나갔다. 밤이 깊어진 탓인지 흡연 구역에는 두 사람뿐이었다. 형진은 몸에 착 달라붙는 거위털 야상 주머니에서 꾸깃꾸깃한 담뱃갑과 라이터를 꺼내 들었다. 형진은 익숙한 몸짓으로 담배를 단숨에 필터까지 피우고, 한 개비를 더 꺼내 입에 문 다음에야 진오를 쳐다봤다.

"김진오, 네가 이효서를 기억할 줄은 몰랐다. 넌 다른 사람한테 관심 없는 편이었잖아."

"그렇긴 하지만…… 걔는 말버릇이 이상했잖아. 교과서를 빌려주면 '일상 속 선행, +5점', 돈 빌리고 늦게 갚으면 '대출 기간 초과, -5점'……. 그런 식으로 말했으니까."

진오는 기억을 떠올리느라 미간을 찌푸렸다. 효서는 사소한 일들에 점수를 붙이면서 놀고는 했다. 시답잖은 내용이라 아무도 신경 쓰지 않기는 했지만. 유난히 피부가 창백한 효서가 점수를 말하는 모습이 어딘지 모르게 의미심장하게 보일 때도 있었지만 그뿐이었다. 학교에서 주는 상벌점도 대수롭지 않게 여기는 중학생이 같은 반 친구가 주는 점수에 연연할 리가 없었다.

"그 말투 되게 오랜만에 듣는다."

형진이 담배 연기를 후욱, 뿜고는 마른 웃음을 지었다. 진오는 그런 형진의 태도가 마음에 들지 않아 인상을 썼다. 이효석 이름 세 글자가 뭐라고 다들 이상한 반응을 보였다.

"뭐야, 이효석이 뭐 어쨌길래 다들 이상하게 굴어? 죽기라도 했어?"

"나도 몰라. 그러게. 죽었으려나."

"뭐?"

진오는 자기도 모르게 얼빠진 목소리로 되물었다. 같은 반 애들 신상을 줄줄 외는 형진이 순순히 모른다고 인정하는 게 이상했다. 관심이 전혀 없는 것처럼 구는 것도 어딘가 자연스럽지 않았다.

진오가 얼이 빠져 있자 형진이 담배꽁초를 재떨이 털어 넣고는 야상 주머니에 양손을 푹 찔러 넣었다.

"너도 우리 반이었으니까, 알아 두는 게 좋겠지. 네가 전학 가고 없던 2학기 때 일이야."

어느새 귀 끝이 빨개진 형진은 천천히 이야기를 시작했다.

"최국주. 기억해? 조금 전에 이야기했는데. 복싱 체육관에서 일하는"

"어, 기억해."

"최국주가 좀 설쳤던 건 맞는데, 진짜로 애들을 패고 다녔던 놈은 따로 있었어. 최국주나 걔 친구들은…… 말하자면 따까리 같은 거였고. 남성훈. 걔가 대장이었어."

"남성훈? 처음 듣는 이름인데."

"우리 반이 아니라 6반이었고, 학교에는 잘 안 나왔으니까 넌 몰랐을 거야."

형진은 푸후, 하얀 입김을 내뱉으며 고개를 설레설레 저었다.

"2학기 중순쯤인가였어. 걔가 무슨 바람인지 학교에 나왔는데, 점심시간에 우리 반으로 넘어온 거야. 걔네 반에 에어컨이 고장 났었나 봐. 아직 더운 늦여름이었거든. 그래서 최국주랑 놀겠다고 온 거지. 반 애들은 다 어딘가로 도망치거나 닥치고 있었고. 괜히 남성훈 그 미친 놈을 자극하고 싶은 사람은 없었거든. 근데 이효서가 저지른 거야."

"뭘?"

"타반 출입, -5점."

형진은 입가를 비뚜름하게 끌어 올려 웃어 보였다.

"걔는 그렇게 말했어. 다들 숨죽이고 버티고 있는데, 딱. 교실이 시끄러워서 안 들렸으면 모를까, 우리 다 닥치고 있어서 되게 조용했거든. 남성훈이 그걸 못 들었을 리가 없지."

"그래서?"

"그래서는 무슨 그래서야. 찍힌 거지."

형진이 어느새 빨갛게 물든 코를 훌쩍였다.

"처음에는 장난처럼 시작했어. 물건을 빌리고 안 돌려주는 식으로. 그렇게 지우개를 가져가고, 노트를 가져가고, 교과서를 안 돌려주더니 아예 체육복을 가져가서 자기 거라고 말하고 다니더라. 이효서라고 이름표가 있는데도. 근데 알고 보니까 이효서 걔도 또라이더라."

"들이받기라도 했어?"

"그랬으면 차라리 낫지. 남성훈이 자기 물건 가져가서 안 돌려줄 때마다 그러는 거야. 대출 기간 초과, -5점. 그러다가 남성훈이 대놓고 물건 가져가니까 점수도 올라가더라. 도둑질, -10점. 뭐 그런 식으로. 또라이 맞지 않냐?"

"어이없네……."

"남성훈은 어땠겠냐? 빡 돌았지. 이효서가 계속 꿋꿋하게 -5점, -10점, 이러니까 짜증이 났나 봐. 그거 별것도 아닌 건데. 결국 한 번은 애를 직접 팼어. 발로 차서 넘어트리고, 넘어진 이효서를 짓밟으면서 계속 욕을 했어. 점수 마이너스 하면 뭐 어떡할 건데, 정신병자같이 숫자 세는 거 말고 할 줄 아는 것도 없으면서, 너 같은 거 낳은 너네 부모도 알 만하다, 똑같이 병신이겠지……. 애들 앞에서 다 들으라고 그러는데, 말리고 싶어도 말릴 수도 없고 진짜 미쳐 버리겠더라. 근데 그때도 제일 미친 사람은 이효서였어."

"또 왜, 뭘 했는데."

"특수 폭행, -30점."

"……."

"황당하지? 그러고 덧붙이기도 하더라. '합산 점수 -100점 초과. 남성훈, 형을 집행한다'라고."

효서의 말투를 따라하는 것인지, 형진은 경직된 투로 말하고는 다시금 코를 훌쩍였다.

"결국 효서는 기절할 때까지 두들겨 맞았어. 늦게라도 선생님이 오지 않았으면 어떻게 됐을지 모르겠다. 그래도 그렇게 끝난 줄 알았어. 이효서는 입원했고 남성훈은 정학. 경찰 조사는 덤. 그렇게 끝났어야 했는데……."

"그게 끝이 아니야? 무슨 일이 더 있었는데?"

"남성훈이 사라졌어."

"……뭐?"

"말 그대로. 사라졌다고. 정학당했다고 그놈이 얌전히 집에 있었을 리가 없지. 형님들 만난다 뭐다 하면서 으스대면서 돌아다녔는데, 어느 날 갑자기 사라져 버렸어. 언젠가부터 집에 안 들어왔대. 어디 갔는지 걔네 친구, 애인,

선후배, 아무도 모른대. 죽어서 시체가 나온 것도 아니야. 그냥…… 사라진 거야. 마법처럼 확! 그리고 그때쯤 사람들이 간신히 기억해 낸 거지. 이효서가 마지막으로 한 말이 뭐였는지."

"'형을 집행한다'고……."

차가운 바람이 진오의 오래된 패딩의 목덜미를 훑고 지나갔다. 마치 누군가 속삭이는 것처럼 귓가가 간질거렸다. 진오는 자기도 모르게 부르르 몸서리를 쳤다. 어느새 몸에 스며든 한기가 꽁꽁 갇혀 빠져나가질 않았다.

형진은 창백해진 얼굴로 담배를 피워 물었다.

"남성훈을 찾는다고 수색대가 꾸려지고 난리가 났는데 겨울이 다 될 때까지 신발 한 짝도 못 찾았어. 경찰은 아무런 흔적도 못 찾았고. 게다가 다 정신이 없는 사이에 이효서도 사라졌어. 이런 동네에서는 하루도 못 살겠다고 이사부터 했다더라. 나중에 선생님한테 전해 듣고 알았어."

"그럴 만한 일이긴 하지만……."

"공교롭지? 사라진 시점이?"

말하지 않아도 알겠다는 듯 형진이 말했다. 진오는 조용히 고개를 끄덕였다. 형진은 진오에게 마지막 남은 담배를 내밀었다. 진오는 한숨을 푹 내쉬고는 담배를 빌렸다. 형진은 담배에 불을 붙여 주며 속삭였다.

"이건 우리끼리만 하는 이야기니까 너도 어디 가서 떠들고 다니지 마라."

진오가 텁텁한 입을 담배 연기로 씻어 내자 형진이 무거운 말투로 조심스럽게 덧붙였다.

"효서가 두고 간 짐 정리한 거. 사실 나야. 가방이랑 책상 서랍, 사물함에 있는 물건 다 모아서 택배로 부쳤는데, 그때 봤어."

"뭘?"

"효서 사물함, 되게 튼튼한 자물쇠가 걸려 있었어. 수위실에서 절단기를 빌려 왔는데 결국 자물쇠가 아니라 사물함 경첩을 잘라야 할 정도로 튼튼했어. 사물함 안에는 노트가 한 권 있었고."

"노트?"

"다른 건 아무것도 없고, 표지가 빨간 노트 딱 한 권. 그걸 꺼내다가 손이 미끄러져서 떨어트렸는데, 노트가 펼쳐져서 나도 모르게 봐 버렸지. 안에는…… 글자가 가득했어."

- 20XX년 3월 26일, 서다영, 타반 출입, -5점. 합계 -15점
- 20XX년 3월 26일, 송석조, 새치기, -1점. 합계 -3점
…….
- 20XX년 6월 4일, 김진오, 욕설, -1점. 합계 -1점

- 20XX년 6월 4일, 김진오, 대출(5000원), +5점. 합계 +4점

……

- 20XX년 8월 29일, 남성훈, 반납 연체(노트), -5점. 합계 -55점

- 20XX년 9월 4일, 남성훈, 절도(체육복), -15점. 합계 -75점

……

- 남성훈, 빠른 속도로 마이너스 점수 적립 중

- 근시일 내 -100점 초과할 가능성 매우 높음

- 마이너스 점수가 기준점을 초과하면

- 형을 집행한다

"형을…… 집행한다."

단단하고 흔들림 없는 정갈한 글씨로 같은 내용이 몇 번이나 반복되어 있었다며, 형진이 긴 숨을 토했다.

"다들…… 그 노트 내용을 본 거야?"

"아니. 가지고 있기 찝찝해서 소각장에서 태워 버렸어. 내용을 본 건 나뿐이고."

형진은 눈을 가늘게 떴다.

"다들 본능적으로 무언가를 느낀 거겠지. 남성훈이 실종된 직후에 이효서가 도망치듯 이사를 갔으니까. 그래서 다들 이효서라는 이름에 민감하게 반응하는 거야. 그건 말하자면…… 일반적이지 않은 일이었으니까."

"효서에게 무언가가 있다……?"

"확실한 건 아니고. 그럴지도 모른다는 거지. 너도 그냥 그렇게만 알아 둬."

마치 그 이상의 일은 없었고 있어서도 안 된다는 것처럼, 형진은 긴 이야기를 급하게 마무리 짓고는 더 이상 아무런 말도 하지 않았다.

진오와 형진이 자리로 돌아왔을 때 동창회는 이미 파장 분위기였다. 모처럼의 모임은 2차 없이 그대로 해산되었다. 모두가 어수선한 얼굴로 흩어지기 직전에, 진오는 간신히 형진과 핸드폰 번호를 교환했다.

#

택시를 타고 집으로 돌아온 진오는 식탁 위에 꺼내 놓은 생수를 마셨다. 보일러를 꺼 둔 반지하 방의 기온은 바깥과 다를 게 없어서 물은 냉수처럼 차가웠다.

진오는 마시다 남은 소주를 병째 집어 들고는 책상 앞에 앉았다. 거친 손길로 키보드를 두들기자 모니터에 진오가 매일 생활하다시피 하는 인터넷 커뮤니티 사이트가 떠올랐다. 진오는 게시판의 글 쓰기 버튼을 꾹 누르며 짧게 웃었다.

"동창회도 한 번쯤은 갈 만하네."

진오는 다들 그럭저럭 먹고살 만하니까 동창회도 나오고 그러는 것 아니겠냐던 형진을 떠올렸다. 짜증 나긴 하지만 그 말이 맞았다. 진오는 그리 잘살지 못했다. 그래서 동창회 모임에 나가지 않았다. 굳이 말하자면 이룬 것도 없고 모은 돈도 없어 미래가 보이지 않는, 시궁창에 처박힌 끔찍한 30대 백수. 그것이 진오였다.

그럼에도 용기를 내서 동창회에 나갔던 것은 소재거리를 찾기 위해서였다. 실업 급여가 끊긴 지 벌써 몇 달. 그동안 진오는 인터넷 커뮤니티에 이런저런 잡스러운 글들을 쓰는 데 맛이 들렸다. 커뮤니티에서 반응이 좋은 요소들을 모아 가상의 '썰'을 푸는 것이 진오가 하는 유일한 생산적인 활동이었다. 진오의 썰은 대부분 완전한 허구였지만 거기에 달라붙는 댓글과 반응, 그리고 그 안에 담긴 감정들은 진짜였다. 직설적이고 순수한 반응은 어떤 것보다도 자극적이었다. 생기 넘치는 댓글들을 받을 수만 있다면 동창회처럼 불편한 자리에 나가는 것도 참을 만했다.

"이효서, 이효서를 기억해 내다니. 나도 아직 쓸 만한가봐."

흔하디흔한 불륜이나 주식 하다 망한 이야기라도 건지면 좋겠다고 생각했는데 의외의 월척이 걸려들었다. 박형진이 들려준 이효서의 이야기는 충분히 자극적이었고, 상상력이 개입할 여지도 많았다. 이런 공포 주제는 남녀 갈등이나 무개념 MZ 세대 썰보다는 덜 대중적이지만 마니아 층이 두터웠다.

진오는 술기운을 빌려 단숨에 이야기를 적어 나갔다. 짧지 않은 분량을 마무리하고 보니 새벽 네 시가 다 되어 있었다. 진오는 퇴고하지 않은 글을 올리고는 세수를 했다. 늦은 시간이었지만 인터넷 커뮤니티에는 낮밤이 뒤집힌 폐인들이 상주한다. 그들은 새벽에 올라오는 모든 글을 읽고 댓글을 단다.

"오, 왔다. 왔어."

마침 딸랑, 종소리가 나며 모니터에 노란색 알람이 떠올랐다. 진오는 두근거리는 마음으로 마우스 휠을 내려 댓글란을 살폈다. 댓글란에는 두 개의 댓글이 달려 있었다.

- 박형진, 타인의 사물함 파괴. -20점. 타인의 물건 소각. -30점. 타인의 사생활 유출. -50점 합계 -100점
- 박형진, 형을 집행한다

"……뭐?"

진오는 침을 꿀꺽 삼켰다. 팔뚝부터 양어깨까지 소름이

번졌다. 진오는 페이지를 다시 불러와 봤지만 댓글은 그대로였다. 방 안은 변함없이 싸늘한데 등허리는 이미 식은땀으로 흥건했다.

진오는 옷소매로 이마에 맺힌 땀을 닦아 내며 생각했다. 이효서의 노트 내용을 아는 사람은 자기 자신과 박형진, 둘밖에 없다. 그러니까 이 댓글을 단 사람은 박형진이다. 그렇게 생각할 수밖에 없었다.

"나쁜 새끼, 사람 깜짝 놀라게……."

그렇게 생각하니 심란한 마음이 조금은 가라앉았다. 차분해진 마음으로 다시 생각해도 범인은 박형진이었다. 혼자만 알고 있으라고 한 말을 진오가 인터넷에 올려 버리자 짓궂은 장난을 친 것이 틀림없었다. 하긴, 진오가 글을 올린 커뮤니티는 이용자가 많기로 유명했다. 형진이 진오와 같은 커뮤니티를 한다고 해서 이상할 것은 없었다. 동창회가 애매하게 끝나는 바람에 잠이 안 와서 뒤척이던 형진이 진오가 쓴 글을 발견한다? 충분히 있을 수 있는 일이다.

그래도 그렇지. 하필이면 이효서의 말투를 따라 한 것은 선을 넘은 장난이다. 진오는 씩씩거리며 핸드폰을 찾아 들었다. 밤보다 아침이 가까운 늦은 시간이라는 생각은 머릿속에 떠오르지도 않았다. 신호음이 가길 몇 번, 형준은 금방 전화를 받았다.

"야, 너 내가 아무리 허락 안 받고 글을 썼다고 해도 그 댓글은 좀 너무하지 않았냐?"

「…….」

"어쭈, 대답 안 해? 쫄리냐?"

진오가 연신 도발해도 형준은 아무런 대꾸도 하지 않았다. 대답은 진오가 혼자 떠들다 못해 지쳐서 숨을 고르기 시작할 때 비로소 들려왔다.

「……점.」

"뭐라고? 잘 안 들려!"

「김진오, 늦은 시간에 전화. -2점. 일방적인 비난. -15점.」

서슬 푸른 칼날처럼 섬뜩한 목소리였다. 진오는 얼른 핸드폰을 내던져 버렸다. 꿈에 나올까 두려운 목소리였지만 한편으로는 분명 기억 속 어딘가에 있는, 낯이 익은 목소리였다.

"이효석……!"

바닥에 내던져진 핸드폰은 그대로 액정이 깨지며 고장 났다. 듣기 끔찍한 목소리도 더 이상은 들려오지 않았다. 하지만 진오에게 마음을 놓을 시간은 주어지지 않았다.

-딩동딩동!!

전화가 끊기자 컴퓨터에서 반복적으로 맑은 종소리가

나기 시작했다. 진오는 몸에 익은 습관대로 새로운 알람
을 확인하려고 고개를 틀었다. 모니터 가득 떠오른 노란
메시지가 홍수처럼 진오의 시야를 한순간에 뒤덮었다.

- 일방적인 전화 중단. -3점. 박형진과의 약속 위반. -30점. 타
  인의 사생활 무단 유출. -50점.
- 김진오. 합계 -100점
- 형을 집행한다
- 형을 집행한다
- 형을 집행한다
- 집행 시기는....

저주와도 같은 메시지가 끊임없이 떠올랐다. 딸랑딸랑,
맑은 종소리와 노란 알림창이 온통 정신을 사로잡았다. 정
신이 혼미해졌다. 머릿속이 웅웅 울렸고 속이 메스꺼웠다.
문득 진오는 숨을 쉴 수가 없었다. 주먹 쥔 손으로 가슴
을 두들겨 봐도, 손톱을 바짝 세운 손가락으로 목줄기를
긁어 봐도 조금도 나아지지 않았다. 진오는 꺽꺽거리며 바
닥에 쓰러졌다. 팔다리를 허우적거리며 바둥거리는 진오
의 귓가에 누군가 속삭이는 목소리가 스치듯이 지나갔다.
"바로 지금."

진오는 핏줄이 돋은 눈을 한껏 치떴지만 보이는 것은 아무것도 없었다. 어두운 방 안에는 아무도 없었다. 그리고 곧, 진오 자신조차 곧 사라져 버리고 말았다.

#

이듬해 연말.

1년 만에 만난 종신중학교 2학년 3반은 그동안 밀린 시시콜콜한 이야기를 나누며 정겹게 술잔을 기울였다. 자정이 다가오고 빈 술병이 그득하게 쌓였을 때쯤, 누군가 지금 막 생각났다는 듯 말했다.

"그러고 보니 올해는 박형진이 안 보이네?"

"웬일이야? 걔는 이런 자리에 빠지는 법이 없잖아."

"작년에는 김진오랑 둘이 그렇게 붙어 놀더니."

"연락 안 돼?"

"누구 형진이나 진오 본 사람?"

그러나 아무도 손을 들지 않았다. 아무도 대답하지 않자 사람들은 저마다 머쓱하게 웃거나 머리를 쓸어 넘겼다. 그러다 결국 누군가 어색해진 분위기를 참지 못하고 불쑥 목소리를 키웠다.

"에이, 동창 소중한 줄 모르고 자기들끼리 노는 이기적인 배신자들! 야, 다들 술 채워! 우리끼리 짠 하자!"

"무슨 사정이 있는지도 모르는데 배신자는 조금……."

"뭐 어때! 마시자! 짜안!"

말이 너무 과한 거 아닌가 하는 지적도 있었지만 얼른 건배를 하고 분위기를 바꾸자는 의견에 반대하는 사람은 없었다. 사람들은 어지러운 술상에서 잔을 찾아내 찰랑찰 랑하게 술을 채웠다. 누군가 건배사를 선창하며 손을 들 어 올리자 여기저기서 어지럽게 술잔을 든 손들이 뒤를 따랐다. 술이 한바탕 더해지자 가라앉았던 분위기가 다시 금 들뜨기 시작했다.

"……친구에 대한 비난, -5점."

술자리의 열기 탓에 누군가 그렇게, 작게 속삭이는 목소 리는 아무도 듣지 못했다. 소란스럽게 웃는 소리와 유리 잔이 사정없이 부딪히는 소리가 방 안을 가득 채웠다. 밤 은 길었고 술자리는 아직 끝나지 않았다. 점수 계산 역시, 아직은 끝나지 않았다.

#홍정기

3부

#깊은 산 작은 집 #어떤 장례식

#마이 달링 #붉은 낙서 #일기

#의문의 녹음 #자음 레터

깊은 산 작은 집

부모님이 돌아가셨다.

한날. 한시. 같은 곳에서.

자살이라 했다.

발견 당시 거실 한가운데 놓여 있던 번개탄의 불꽃은 그때까지도 빨갛게 타들어 가고 있었다고 했다.

'드디어 너희 엄마를 설득했다.'

머나먼 타국에서 걸려 온 전화기 너머로 들려오던 웃음기 가득한 아버지의 목소리가 아직도 귓가에 선하다.

하나뿐인 자식새끼 다 키우면 언젠간 꼭 귀촌하겠다는 말을 입버릇처럼 달고 살던 아버지. 당신의 바람대로 마침내 어머니를 설득한 아버지는 도시 생활을 급히 정리하고 시골로 떠났다. 그리고 딱 1년이 지난 지금. 그토록 바라던 시골집에서 나란히 싸늘한 주검으로 발견된 부모님에게는 대체 어떤 일이 있었던 것인가.

부고 소식을 듣고 서둘러 한국행 비행기를 알아봤으나 때마침 상륙한 태풍 때문에 발이 묶여 버렸다. 발을 동동 굴렀지만 자연의 변덕은 어쩔 수가 없었다. 뒤늦게 한국 땅을 밟았지만 삼일장은 모두 끝나 버렸고. 푸르른 잔디 사이 붉은 진흙이 듬성듬성 드러난 봉분 앞에서 황망한 눈물을 흘려야 했다.

도무지 믿을 수가 없었다. 이건 말이 안 된다.

왜? 무엇 때문에 유서 한 장 없이 스스로 목숨을 끊는단 말인가. 지극히 낙천적인 성격의 부모님이 왜 그런 극단적인 선택을 해야 했는지 이해할 수가 없었다. 친인척이나 지인들도 아무것도 모르는 듯했다.

해외 장기 출장이랍시고 부모님께 소홀했던 것이 못내 사무친다. 그래서 결단을 내렸다. 회사에 장기 휴가를 낸 것이다.

렌터카로 시원하게 뚫린 46번 국도를 달리자 얼마 안 가 무진시 간니읍을 알리는 이정표가 나왔다. 내비게이션의 안내를 따라 간니 읍내를 지나자 금세 도로 폭이 좁아지고 구불구불 굽이치는 임도가 펼쳐졌다. 얼마 뒤 임도마저 끝나고, 비포장도로를 한참이나 달리고서야 비로소 목적지에 도착할 수 있었다.

"이곳인가."

눈앞에 부모님이 계셨던, 그리고 스스로 생을 마감한 집 한 채가 들어왔다.

버려져 있던 폐가를 개축한 집이라 했다. 처음 이사하면서 부모님이 SNS로 보냈던 사진 속 집이 눈앞에 있었다. 어두운 갈색 샷시 문을 열면 바로 거실로 통하는 조촐한 단층 주택이었다. 다만 사진과 다른 점은 주택의 벽 색깔이 노란색에서 흰색으로 바뀐 것뿐. 페인트는 최근에 칠했는지 별다른 얼룩이 없었다.

나는 진작 이곳을 찾지 못한 것을 고개 숙여 깊이 사죄했다.

천천히 주변을 살피며 부모님의 흔적을 따라갔다.

집 뒤로 그리 넓지 않은 밭떼기들이 계단식으로 늘어서 있었다. 그 사이로 드물게 인가들이 보였다.

저 멀리 밭고랑 사이에 쪼그려 앉은 노인의 호미가 연신 오르내렸다. 머리에 두른 꽃무늬 수건 아래로 노인의 다부진 표정이 보이는 것 같았다.

부모님도 이렇게 밭을 일구며 직접 작물을 키워 내셨을까.

우거진 숲으로 둘러싸인 마을은 가끔 울어 대는 새소리 외에는 적막감이 감도는 조용한 곳이었다. 시끌벅적한 곳을 싫어하는 아버지의 취향다웠다.

잠시 젖은 상념에서 벗어나 샷시 문의 보조 자물쇠에 열쇠를 끼워 넣었다. 그런데 샷시 문의 빗살 창살 안으로 시선이 갔다. 창살 안쪽 불투명 유리에 말라붙은 흙 자국들이 묻어 있었다. 그러고 보니 창살에도 마른 흙 조각이 붙어 있었다. 밭 작업을 하신 부모님이 흙 묻은 손으로 문을 여닫은 것이리라.

나는 열쇠를 주머니에 도로 넣은 뒤, 디딤돌에 신발을 벗고 샷시 문을 열었다.

문이 열리자 거실에 고여 있던 눅진한 공기가 밀려 나왔다. 오래된 먼지 냄새와 함께 말로는 설명하기 힘든 매캐한 냄새가 후각을 자극했다.

나도 모르게 미간이 찌푸려졌다. 이것이 부모님의 생명을 앗아간 죽음의 냄새인가. 온갖 생각들이 머릿속을 휘몰아쳤다.

오른발을 내디뎌 거실에 올랐다. 정면 옷걸이에 걸린 체크 점퍼가 나를 맞이했다. 아버지가 유독 아끼던 것이었다. TV와 거실 장 등 단출한 살림살이들에 이어 어느덧 시선이 거실 한가운데로 못박혔다. 질끈 눈을 감고 싶은 마음과는 반대로 억지로 눈꺼풀에 힘을 줬다.

양철 양동이에 담긴 거무스름한 물체가 열기를 잃은 번

개탄이라는 걸 인지한 순간 참을 수 없는 구역감이 치밀어 올랐다.

"우욱."

손바닥으로 급히 입을 틀어막았지만 위장에서 올라온 신물은 당장이라도 터져 나올 기세였다. 나는 신발도 신지 못하고 급히 집 밖으로 뛰쳐나왔다. 디딤돌 옆에 엎드려 휴게소에서 급히 삼켰던 우동 가락을 게워 내고 나서야 겨우 고개를 들 수 있었다. 옷소매로 눈가의 눈물을 닦아 내고 크게 숨을 들이쉬었다.

이 무슨 꼴사나운 짓인가. 자괴감에 쥐구멍에라도 숨고 싶었다.

마음을 추스르고 몸을 일으키려던 찰나.

"뉘쇼?"

쇠를 긁는 듯 신경을 자극하는 목소리. 미처 예상치 못한 목소리에 깜짝 놀라 고개를 돌렸다.

노란색 꽃무늬 손수건을 세모꼴로 머리에 쓴 할머니. 순간적으로 조금 전 밭을 매던 노인임을 직감했다. 구부정하게 굽은 허리에 온통 흙이 묻은 몸뻬바지. 세월을 직격으로 맞은 듯 깊게 주름진 얼굴에 뙤약볕에 탄 검은 피부는 검버섯과 피부색을 분간하기 힘들 정도였다.

"아…… 안녕하세요."

뒤늦게 꾸벅 고개를 숙였다.

할머니는 초승달 눈으로 내 얼굴을 한참이나 들여다본 뒤에야 다시 입을 열었다.

"서울서 온 박씨네를 찾아온 거라면 헛걸음했구려. 얼마 전에 박씨네 부부가 한꺼번에 죽었거든…… 쯧쯧쯧."

노인의 혀를 차는 소리가 이상하게 신경을 곤두세웠다. 이만큼 작은 동네니까 부모님의 변고는 이미 퍼질 대로 퍼졌으리라. 나는 뒷머리를 긁적이며 답했다.

"아. 네……"

그리고 잠시 숨을 고른 뒤 말을 이었다.

"저는 돌아가신 이 댁의 아들입니다."

할머니의 초승달 눈이 조금 커졌다.

"이이이. 박씨가 말하던 잘나가는 아들이 바로 그짝이구먼."

눈꺼풀 아래 눈동자는 이제 대놓고 내게 고정됐다. '사람을 앞에 세우고 뭐 하는 거지?'라는 생각이 들 때쯤 노인의 쪼글쪼글한 입술이 다시 열렸다.

"아. 아들내미가 박씨네 집을 처분하러 왔구먼."

나는 곧바로 손을 흔들어 부정했다.

"아녜요. 어르신. 처분하러 온 게 아니고 살러 왔습니다. 부모님이 마지막으로 계셨던 이 집에 살면서 천천히

제 마음을 정리하려고 합니다."

그 순간 할머니의 굽은 허리가 조금 펴진 듯 보인 건 나의 착각일까.

할머니의 번데기 같은 입술이 달싹거렸다. 나의 시선이 할머니의 입술에 모이는 찰나. 기다리던 목소리는 엉뚱한 곳에서 튀어나왔다.

"당장 떠나!"

"네, 네? 떠나라고요?"

엉겁결에 되묻고 나서야 목소리가 들린 쪽으로 시선을 던졌다. 할머니 뒤로 저 멀리 좁은 골목 어귀에 꼿꼿이 서 있는 중년 남성은 언제부터 있었던 것인가. 희끗한 머리에 까맣게 탄 피부는 할머니와 같았지만 셔츠 아래로 드러난 팔뚝은 오랜 노동에 단련된 다부진 근육이 잡혀 있었다. 생김새나 나이로 보건데 할머니의 아들인 듯했다.

아니, 그보다 할머니가 알아듣기 쉽도록 크게 말했다 쳐도 이렇게 먼 곳에서 내 말소리를 알아들었다는 말인가. 경이로운 청력에 입을 크게 벌릴 수밖에 없었다.

"여긴 말이여. 너희 같은 서울 놈들이 살고 싶다고 살 수 있는 곳이 아니여."

아들은 코를 길게 들이마셔 가래침을 퉤 뱉은 뒤 말을 이었다.

"다 절차와 순리라는 게 있는 법이여. 분란 일으킬 생각일랑 말고 얼른 썩 꺼져 부러!"

목소리에 명백한 분노가 느껴져 흠칫했다. 왜 이렇게 화를 내는지 영문을 알 수가 없었다.

서울 놈? 절차와 순리? 분란? 대관절 이게 무슨 소리란 말인가.

내가 어쩔 줄 몰라 하는 사이 노인과 아들은 한참이나 적의 어린 시선을 쏘아 댄 뒤 사라졌다.

불쾌한 만남을 뒤로하고 집으로 들어왔다. 하나 노인의 아들이 뱉은 말은 메아리처럼 머릿속을 맴돌았다. 도심에서 귀농 온 외지인을 터부시하고 배척하는 경우가 있다는 말은 종종 들어 왔었다. 하지만 이렇게 대놓고 적의를 드러낸다고? 부모님도 마을 사람들에게 이런 취급을 받았다는 말인가.

그렇게 생각하고 나니 평범했던 집이 조금은 다르게 보이기 시작했다.

이런 산골 마을에서 대문에 설치된 고가의 보조 잠금장치는 무엇을 막기 위한 것이며, 창살이 달린 방범창은 어떤 용도로 설치된 것인가.

한 번 고개를 쳐든 의심은 꼬리에 꼬리를 물고 이어졌다. 그러다 유독 두껍게 덧칠된 외벽의 페인트에 생각이

닿았다.

공구통을 뒤져 넓적한 스크레퍼를 찾았다. 망설임 없이 외벽의 하얀색 페인트를 긁어냈다. 비전문가가 어설프게 칠한 탓인지 두껍게 바른 페인트는 조각조각 부서져 덧칠하기 전의 노란 속살을 드러내기 시작했다.

가쁜 숨을 몰아쉬며 이마에 흐른 땀을 훔쳐 냈다. 한 시간쯤 긁어 냈을까. 마침내 드러난 붉은 글자들에 온몸의 피가 머리로 쏠리는 것 같았다.

"씨……발 것들. 여기서…… 꺼져 버려……."

목소리가 떨리다 못해 뒤집혔다. 스크래퍼를 쥔 손이 부들부들 떨렸다. 상황을 객관적으로 직시하기 위해 이를 악물었다.

이건 명백한 범죄다. 부모님은 마을 사람들에 의해 자살로 내몰린 게 분명하다.

선량한 부모님의 얼굴이 뇌리를 스쳐갔다. 두 볼에 열기가 느껴졌다. 어느새 눈물이 두 볼을 타고 흘러내리고 있었다.

참을 수 없었다. 이 울분을 토해 내지 않고는 미쳐 버릴 것 같았다.

현관을 박차고 나오자 해가 산허리에 걸려 있었다. 산골 마을답게 어둠이 일찍 찾아온 것이다. 나는 노인의 아들이 사라졌던 골목 어귀의 기와집으로 성큼 발걸음을 옮겼다.

다른 생각은 없었다. 그저 적의를 내뿜던 그들을 향해 뭐라도 한 마디 하지 않으면 나 자신을 용서할 수가 없을 것 같았다.

한달음에 기와집 앞 철 대문에 다다랐다. 부모님의 집 과는 달리 녹슨 대문은 마을을 향해 활짝 열려 있었다. 그 모습에 더욱 분노가 치솟았다. 대문 안으로 발을 들이밀 던 나는 마당에서 들리는 목소리에 순간적으로 담장 뒤로 몸을 숨겼다. 철문 안으로 슬쩍 고개를 내밀자 마당 툇마 루에 앉은 구부정한 두 노인의 등이 보였다. 마당에서 들 리는 목소리에 나는 숨죽여 귀를 기울였다.

"박씨네 아들놈이 왔다나 봐."

"그려 내가 밭일하다 봤지 뭐여. 아주 여기서 살려고 짐 까지 싸 들고 왔더라니께."

"아주 맹랑한 놈일세. 지 부모가 어떻게 죽었는지는 알 고나 찾아왔을까. 클클클클."

"쉿! 말 조심혀."

다급한 노인의 목소리는 한층 낮아졌지만 그 덕분에 발 음이 또렷해져 오히려 더 잘 들리는 것 같았다.

"그 서울 놈들이 좀 독해? 전선 줄 하나 제 집 위로 못 지나가게 해. 김씨가 오토바이 타는데 핼맷 안 썼다고 구청에 신고한 게 저 박씨라고."

"박씨도 박씨지만 그집 여편네가 아주 독종이었지."

"그렇지. 이장네 부인이 협심증으로 진흙밭을 구르는데, 여편네가 차 안에서 그걸 보고도 그냥 가 버렸다지 뭐여. 나중에 119에 신고는 했다고 하는데……. 촌에서 119가 오려면 얼마나 걸리는지 그걸 몰랐겠어? 여편네가 이장 부인을 죽인 거나 다름없지."

"암. 그래서 이장이 머리끝까지 화가 나서 그런 거 아니것어. 분란만 일으키는 연놈들 아주 쌍으로 잘 처리했지. 그려."

뭐?! 처, 처리를 했다니?

노인의 말이 잠시 이해되지 않아 생각을 정리할 시간이 필요했다.

이어서 노인의 말뜻이 정리되자 전기에 감전된 것 같은 찌르르한 통증이 전신을 휩쓸었다. 손바닥이 아파 고개를 내리니 여전히 스크래퍼를 손에 쥐고 있었다. 스크래퍼의 번쩍이는 날이 미친 듯이 흔들리고 있었다.

아무리 마을에 융화되지 못했다 한들 사람을 죽이다니. 이놈의 미친 마을. 다 처죽여 주마.

강렬한 충동이 이성을 잠식했다. 무언가에 이끌리듯 오른발이 대문 안을 넘어서려던 찰나.

"여봐."

등 뒤의 걸쭉한 목소리에 순간적으로 고개를 돌렸다.

조금 전 보았던 할머니의 아들이었다. 그리고 그자의 손에 들린 각목이 내 얼굴 위로 길게 그림자를 드리울 때까지 내가 어떤 봉변을 당할지 전혀 알아차릴 수가 없었다.

#

"으으으……."

정수리에 정을 대고 망치로 내려치는 듯한 고통에 육성으로 신음이 터졌다.

온 세상이 빙글빙글 돌아 정신을 차릴 수가 없었다. 크게 숨을 들이마시지만 가쁜 호흡은 좀처럼 돌아오지 않는다. 머리를 어루만지자 묵직한 통증이 퍼져 나갔다. 통증도 통증이지만 숨이. 도무지 숨을 쉴 수가 없다.

가쁜 숨을 몰아쉬며 좀처럼 뜨이지 않는 눈을 뜨고 주변을 살폈다. 살짝 열린 창틈 사이로 들어온 달빛이 거실을 비췄다. 희미한 체크 점퍼를 보고서야 이곳이 부모님 집 거실이란 것을 깨달았다.

아들놈한테 머리를 얻어맞았건만, 내가 어떻게 집 안에……

통증과 두통이 한데 뒤엉켜 참을 수 없을 지경에 이르렀다. 온 힘을 다해 비틀거리며 창가로 다가갔지만 살짝 열린 창틈은 무언가에 꽉 끼어 더 이상 열릴 기미가 없었다. 게다가 창틈 사이로 들어온 고무 가스관이 거실 바닥까지 늘어져 있었다.

"이, 이게 뭐야……."

정신이 혼미한 와중에도 지금의 상황이 정상이 아니란 것을 알 수 있었다.

"이…… 미친 새끼들……."

나는 두 발에 단단히 힘을 주고 현관문으로 향했다. 몇 번의 헛손질에 이어 보조 자물쇠의 잠금 장치를 풀고 있는 힘껏 문을 밀었다. 그러나 뭔가에 걸렸는지 문은 덜커덕거리기만 할 뿐, 좀처럼 열리지가 않았다. 그제야 불투명한 현관 유리문 밖으로 손 모양의 그림자가 다닥다닥 붙어 있는 것이 보였다.

"도와줘……. 살려…… 주세요……. 콜록. 콜록."

남은 힘을 짜내 어깨를 문에 바짝 붙였다. 그때 문밖으로 속삭이는 소리가 들렸다.

"김씨 힘을 쓰라고. 힘을."

"젠장맞을. 나 허리 디스크 있는 거 알자녀. 이 망할 새끼. 젊은 놈이라 그런지 지 부모처럼 호락호락하지 않네

그려."

"벌써 질식해 나자빠져야 되는데 어떻게 깬 겨. 힘들어
죽겠네. 빨리 좀 뒤지라고⋯⋯."

문밖에서 들려오는 투정들에 서서히 다리 힘이 풀렸다.

아. 부모님도 이렇게 돌아가셨구나.

일산화탄소를 주입해 죽인 뒤, 번개탄을 피워 자살로 위
장했구나. 현관문 유리창에 온통 묻어 있던 흙 자국은 밭
일을 하다 살인에 동원된 마을 사람들의 손자국이었던 것
이다.

간신히 버티고 있던 의식의 끈이 끊어지려 했다.

문밖의 속삭임이 자장가라도 되는 듯 나의 정신은 꿈결
처럼 아득히 멀어져 갔다.

어떤 장례식

"아들! 카드 줄 테니까. 가서 안주랑 술 좀 사 와."

아버지가 양복 안주머니를 더듬으며 말했다. 곧 낡은 가죽 지갑을 꺼낸 아버지가 신용 카드를 건넸다.

자정이 넘은 시각.

뜬금없는 심부름에 멍하니 아버지를 바라봤다.

만면이 불콰하게 주기가 맴도는 아버지는 빠르게 덧붙였다.

"딴 건 필요 없고, 거 양주. 끄윽."

올라오는 트림을 힘겹게 입안으로 삼킨 아버지가 말을 이었다.

"가서 제일 비싼 양주로. 발렌타인 50년, 60년인가 뭔가. 그걸로 사 와. 알겠지?"

호기롭게 소리치는 아버지를 두고 고모와 큰아버지들이
한 마디씩 거들었다.

"한 병으로 되겠어? 두 병, 아니 세 병은 사 와야지."

아버지는 그 말을 받아 내게 손가락 세 개를 펼쳐 보였다.

"세 병. 세 병 사 와라."

"세상에. 네가 웬일이라니."

"그럼 그럼. 오늘은 소주, 맥주로는 안 되지."

"우리 동생 마음 바뀌기 전에 얼른 다녀와라."

　나는 카드를 뒷주머니에 꽂고 재빨리 왁자지껄한 특1호
실을 빠져나왔다.

　정문 밖을 나서자 2월의 매서운 바람이 두 볼을 때렸다.
나도 모르게 코트 옷깃을 여몄다. 식장 밖까지 일가친척
들의 웃음소리가 새어 나온다.

　나는 작게 한숨을 쉬며 고개를 저었다.

　정말. 이게 내가 알고 있던 장례식장의 모습인가…….
알 수 없는 열기에 사로잡힌 어른들의 모습이 어딘지 모
르게 낯설다.

　저 멀리 어둠 속에 오롯이 불을 밝힌 편의점을 향해 발
걸음을 재촉했다.

　어제 새벽. 할아버지가 영면하셨다.

향년 여든다섯.

사인은 폐 기능 저하에 따른 호흡 곤란으로 인한 질식. 평소 줄담배를 태우던 할아버지였기에 일가친척 모두 할아버지의 사인에 수긍하는 눈치였다.

아무리 100세 시대라지만 여든다섯이면 천수를 누리셨다는 고모들의 이야기를 들었다. 평소 큰 병 없이 지내시다 한순간 돌아가신 것이 얼마나 다행이냐는 소리도 들렸다.

설 명절을 맞아 6남매 일가가 할아버지가 계신 무진시에 모여 차례를 지낸 바로 다음 날이었다. 날이 밝으면 서울로 돌아가려던 우리 가족은 다른 친척들과 마찬가지로 며칠 더 무진에 머무르게 되었다.

조상님께 설 차례를 지내고 자식들이 전부 모여 있기를 기다리다 가신 거 아니냐는 둘째 고모의 말이 떠오른다. 그 말에 6남매가 숨죽여 눈물을 훔치던 모습이 눈에 선하다.

어찌 됐건 경찰이 할아버지의 시신을 조사했으나 별다른 의혹은 찾지 못했고 큰아버지의 주도로 부검 대신 장례를 치르기로 결정됐다.

경황이 없는 상황에서도 일가 모두 단합하여 장례식은 일사천리로 진행됐다.

무진 토박이에 유지이셨던 할아버지는 돌아가신 뒤에도 막강한 영향력을 발휘했다. 장례식장에서 가장 큰 특호실을 빌렸는데도 줄을 잇는 조문객들로 발 디딜 틈이 없었다.

이제 막 고등학교를 졸업한 나를 포함해 내 또래 사촌들은 이틀 동안 수백. 아니, 수천 번의 상차림을 해야 했다.

이제 발인을 하루 앞둔 밤.

열 시가 조금 넘자 조문객이 눈에 띄게 줄어들었다.

나는 이틀간 피로가 누적되어 앉은 채로 꾸벅꾸벅 졸다가 큰 목소리에 눈을 떴다. 정신을 차리고 보니 자정을 10분 앞둔 시간. 마지막까지 남아 있던 조문객이 사라지고 빈 상이 덩그러니 남아 있었다. 다만 그 옆으로 테이블 두 개를 나란히 붙인 상에 6남매가 모여 앉아 있더라. 테이블 위에는 빈 술병들이 즐비했다.

"우리 아부지…… 이제 그렇게 그리던 엄마 곁으로 가셨잖아."

큰고모의 말에 남아 있던 졸음이 싹 가셨다. 물기를 머금은 큰고모의 목소리가 이어졌다.

"모두 알지? 우리 아부지 겉치레 따지는 분 아니셨던 거. 술상이면 어떻고 놀자판이면 어떠냐. 아부지 가신 건 가슴 아프지만, 살아 생전 우리가 행복하면 아무것도 상관없다고 하셨던 거 알지?"

큰고모의 말에 앉아 있던 모두가 조용히 고개를 끄덕였다. 큰고모가 잠시 맥주로 목을 축인 뒤 이었다.

"모르긴 몰라도 아부지라면 지금도 그렇게 생각하실 거야. 이제 우리가 다 같이 모일 일도 몇 번 없을 건데. 아부지한테 우리가 사이좋게 잘 지내고 있는 모습 보여 드린다고 생각하고 옛날처럼 웃으면서 밥이나 먹자."

큰고모의 말에 말석에서 잠자코 있던 아버지가 모처럼 일어나 신용 카드를 꺼낸 것이다.

눈동자에 초점이 풀린 아버지는 누가 봐도 꽤나 술이 오른 듯 보였다.

그 상태로 양주를 쏟아부으면 내일 아침에 있을 발인을 제대로 할 수나 있을지 우려됐다. 나라도 제정신을 차려야겠다고 속으로 다짐했다.

천천히 편의점 주류 코너를 살폈다.

역시나. 이런 외곽 편의점에 발렌타인 30년산은 무슨⋯⋯.

아버지도 그 정도는 예상하고 호기롭게 카드를 꺼낸 것이리라.

대신 발렌타인 파이니스트 두 병과 조니워커 블랙 한 병을 집어 들었다. 그나마 주류 코너에서 가장 비싼 술이었다.

카운터에서 꾸벅꾸벅 졸던 아저씨는 내가 내려놓은 양

주병을 보자 자본주의의 미소를 지어 보였다. 아저씨가 요청하기 전에 신분증을 꺼내 보여 준 뒤 아버지 신용 카드로 계산을 마쳤다.

양주가 든 비닐을 들고 터덜터덜 장례식장으로 발길을 되돌렸다.

특1호실로 돌아왔을 땐 조금 전보다 더 가관이었다.

상들을 한쪽 벽으로 밀어 넣고 진짜 그제 명절처럼 장난치고 웃고 떠들고 있었기 때문이다.

6남매를 제외한 가족들은 식장에 딸린 쪽방에서 쉬고 있거나 반대편 구석에서 녹초가 되어 있었다.

대체 뭐가 그리 우스운 걸까.

뭐가 그리 재미있는 걸까.

뭐가 그리…….

입구에 서 있던 나를 알아본 넷째 큰아버지가 빠르게 손짓했다.

"오오. 양주 왔다! 이리 가져와. 빨리."

병에 담긴 진한 액체가 종이컵에 담기고.

이내 6남매의 목구멍 속으로 사라진다.

"아버지 사망 보험금은 다 내 거야 이년들아 크크크."

나는 깜짝 놀라 아버지를 쳐다봤다. 막내인 아버지가 다짜고짜 고모들에게 욕설을 한 것이다.

"어쭈. 이 자식 봐라. 내가 니 도시락을 몇 년이나 싸 줬는지 아니?"

"솔직히 고생은 장남인 내가 제일 많이 했지."

참으로 기묘한 광경이었다.

상스러운 욕설이 오갔지만 어느 누구 하나 악의가 없다. 오히려 더욱 하나로 똘똘 뭉치는 분위기랄까.

그렇게 6남매의 고성은 밤이 새도록 이어졌다.

3일간의 장례식이 모두 끝났다.

다른 친척들은 몰라도 아버지만큼은 발인부터 장지에 안장할 때까지 내내 숙취로 고생해야 했다. 그리 만취가 되도록 퍼부었으니 예상 못 한 바는 아니었다.

나 역시 모든 장례 절차를 마치고 집으로 돌아가는 차 안에서 정신을 잃고 기절해 버렸다.

그래. 솔직히 인정할 건 인정하자.

우리 아버지는 개쓰레기지만 친척들은 다들 좋은 사람들이고 정말 화목한 일가임을.

정말로 할아버지의 사망 보험금과 유산은 그날 밤 6남매의 말대로 제일 못사는 순서대로 나눠 가져졌다. 6남매 중 제일 빈곤한 우리 집이 절반 넘게 가져온 것이다.

제일 잘사는 큰아버지는 할아버지가 마지막까지 쓰던

뒤주만 받는다고 하셨는데 동네에서 제일 좋은 나무로 만든 거라 할아버지도 끝까지 처분하지 않고 갖고 계시던 거라고 했다.

이 정도면 정말로 좋은 집안이 아닌가.

이 정도면 말이다.

큭큭큭큭…….

솔직히 이렇게 많이 받을 줄은 예상 못 했다.

그저 눈앞의 급한 불을 끄기 위해 저지른 일인데…….

이런 걸 하늘이 돕는다고 하는 것일까. 유난히 싱글벙글거리는 아버지의 면상을 보면 없던 살의도 치솟는다.

차라리 잘됐다.

아버지도 죽여 버린 뒤 유산을 모두 가로채 버리는 거다.

정신 못 차리게 술을 진탕 먹이고 처자는 동안 털 없는 극세사 베개를 얼굴에 처박자. 극세사 특성상 기도에서는 섬유가 나오지 않을 것이다. 노인네도 별문제 없이 성공하지 않았던가. 한 번만. 한 번만 더 하면…….

이번에야말로 베타코인에 전 재산을 투자하리라.

루니코인 투자 실패를 이번에야말로 만회하는 거다.

거지 같은 내 인생을 깨끗이 세탁하는 거다.

'삑. 삑삑. 삑.'

현관 밖으로 들리는 디지털 도어록 소리에 베개에 꽂힌 시선을 뗀다. 현관문이 열리고 아버지가 휘청거리며 들어왔다.

"아들. 딸꾹. 아빠 왔다."

서둘러 소파에서 일어서서 아버지에게 다가갔다.

"오셨어요. 아휴 어디서 또 이렇게 드셨어요."

"응. 아빠가 오랜만에 친구들 만났거든. 흐흐흐. 아. 우리 아들 용돈 필요하지?"

입에서 썩은 내를 풍기는 아버지가 안주머니에서 지갑을 꺼냈다. 장례식장과 달리 배가 빵빵한 지갑 안에는 5만 원권 지폐가 셀 수도 없이 들어 있다.

"자. 딸꾹. 아껴 써라."

5만 원권 서너 장을 떠밀 듯 건넨 아버지가 비척대며 안방으로 들어갔다. 열린 문틈 사이로 옷도 벗지 않고 자리에 눕는 아버지가 보였다.

그 모습을 보자 나도 모르게 입꼬리가 올라간다.

역시…… 하늘은 나를 돕는구나.

마이 달링

"일어났어? 몸은 좀 괜찮아?"

무거운 눈꺼풀을 들어 올리자 중년의 남자가 걱정스러운 눈빛으로 나를 내려본다.

내 몸을 휘감은 푹신한 침대. 침대 끝 TV 외에 다른 가구는 찾아볼 수 없는 단출한 방 안. 커튼 사이로 들어온 햇살이 방 안을 밝히고 있다.

이 방. 이 침대에서 잠을 잤던 건 분명해 보이는데…….

문제는 이 방이 내가 처음 보는 방이라는 사실이다.

혼란스러움을 뒤로하고 침대 옆에 우두커니 서 있는 남자에게 눈길을 돌린다.

이 남자는 누굴까. 귀 옆 머리가 희끗하게 샌 마흔 중반의 남자. 하지만 어딘지 낯설지 않은…… 이 남자는 나를 잘 아는 걸까.

흐릿한 기억 속 남자의 정체를 꺼내 보려 했지만 정수리부터 극심한 통증이 밀려왔다.

"지금은 혼란스럽겠지만 괜찮아."

얼굴을 찌푸린 내게 따뜻한 남자의 음성이 들려왔다. 시선을 올리자 남자의 손에 물컵과 캡슐 알약 한 알이 들려 있었다.

"일단 이 약 먼저 먹고 쉬면서 수첩을 봐 봐. 그럼 모든 게 이해될 거야."

나는 영문도 모른 채 알약을 입에 넣고 물과 함께 삼켰다. 그리고 남자가 이어서 건네준 수첩을 받아 들었다.

붉은 기가 감도는 낡은 가죽 수첩이다. 내가 수첩을 들춰 보는 것을 본 남자는 조용히 방을 나갔다. 방문이 완전히 닫히는 것을 본 뒤 나는 수첩의 첫 페이지를 펼쳤다.

내 이름은 이수아.

그리고 이 글을 읽고 있는 네가 이수아라는 건 너도 잘 알고 있겠지.

하지만 네가 왜 이 낯선 곳에 있는지는, 네 앞에 있는 남자가 왜 널 돌보고 있는지는 전혀 기억나지 않을 거야.

지금 무척이나 겁이 나겠지.

하지만 이 글을 읽고 나면 금세 괜찮아질 거야.

빠르게 수첩의 내용을 훑었다. 수첩의 글들을 읽으며 지금의 상황이 이해됐다.

난 서른세 살 이수아.

내게 약을 준 남자는 마흔세 살인 남편 김창락이다.

강남에서 개인 병원을 운영하던 김창락은 교통사고로 급격히 건강이 안 좋아진 날 간호하기 위해 과감히 병원을 처분하고 이곳 무진시 교외로 이사 왔다.

복합 골절된 오른 발목과 금이 갔던 갈비뼈. 그리고 좌측 두개골의 타박상은 시간이 지나며 호전됐지만 전혀 회복되지 않은 증상이 하나 있었다.

바로 선행성 기억상실증이었다.

영화 《메멘토》의 주인공이 겪었던 선행성 기억상실증은 흔히 단기 기억 상실증이라 불리며 사고나 충격으로 대뇌의 해마가 손상되어 이전의 기억들 외에 새로 겪는 경험이나 정보를 기억하지 못하는 질병이라고 한다.

내 경우 매일 하루 동안의 기억이 리셋된다고 적혀 있었다.

실제로 3년 전인 서른 살까지의 기억은 비교적 선명하게 떠올릴 수 있었지만 바로 어제의 일은 전혀 기억할 수 없었다.

대신 3년 전의 기억이 어제처럼 생생했다.

당시에는 지금의 남편이 아닌 평범한 회사원 병희와 교제 중이었는데…… 아무래도 병희와 헤어진 뒤 지금의 남편을 만나 결혼까지 한 것 같다.

이후로는 남편 창락이 나를 얼마나 끔찍이 아껴 주는지, 사고 이후 얼마나 정성을 다해 나를 간호하는지 구구절절 쓰여 있었다.

낯선 질병. 낯선 환경. 그리고 낯선 남편.

하지만…….

나도 모르게 슬며시 입꼬리가 올라갔다.

강남 개인 병원이라니.

중후하게 생긴 마스크도 호감형이고, 능력과 재력까지 겸비했으며 무엇보다 나를 사랑해 주는 남편의 존재가 조금은 위안이 됐다.

그때 문밖에서 노크 소리가 들렸다. 나는 목을 가다듬고 답했다.

문이 열리고 안으로 들어선 남편의 손에 김이 모락 피어오르는 커피와 프렌치 토스트가 들려 있었다.

"이젠 조금 진정됐어? 자. 당신이 좋아하는 아침. 따뜻한 음식이 들어가면 기분도 조금 더 나아질 거야."

남편의 미소를 보자 내 안의 경계심은 순식간에 사라져 버렸다.

오른 발목의 통증 때문에 아직 몸을 움직이는 건 쉽지 않았다.

목발의 도움을 받아야 겨우 화장실 정도나 다녀오는 수준이랄까. 그나마 저녁을 먹고 남편의 도움을 받아 끈적거리는 몸을 씻어 냈다. 아직 낯설지만 남편이라 생각하니 그 앞에서 알몸을 보이는 것도 참을 만했다.

한결 상쾌한 기분으로 침대에 누우니 남편이 새로운 약을 건넸다.

"자. 저녁 약. 진통 성분도 들어 있으니 통증 없이 푹 잘 수 있을 거야."

"으응. 고마워."

나는 침대에서 엉거주춤 일어나 남편이 건네주는 파란 캡슐을 받아 들었다.

"앗!"

바로 그때 엄지와 집게손가락 사이로 알약이 튀어 올랐다. 손가락에서 떨어진 알약은 이불 위를 굴러 침대와 협탁의 틈새로 쏙 들어가 버렸다.

"아아…… 미, 미안해……."

미안함에 뒷머리를 긁적이며 사과를 한 나는 순간적으로 숨을 삼켰다. 나를 보는 남편의 눈빛이 너무나 차가웠기 때문이다. 이마에 불거진 핏대와 가늘게 떨리는 미간. 내심 알약을 떨어트린 게 이렇게 화를 낼 만한 일인가 싶었다.

"자기야. 미안해. 내가 실수로 약을 떨어트렸어."

나는 남편의 눈치를 보며 한 번 더 사과했다.

무섭도록 화를 내던 남편의 표정이 순식간에 바뀌었다.

"괜찮아. 조금만 기다려 내가 다시 가져올게."

다시금 자상한 미소를 지어 주었지만 어쩐지 전과는 느낌이 달랐다. 화가 풀렸다기보다 급히 지운 느낌이었다. 남편은 그대로 발소리를 내며 방을 나갔다가 예의 파란 캡슐을 들고 나타났다. 그리고 내가 캡슐을 입에 넣고 삼키는 모습을 말없이 지켜봤다.

남편은 그제야 만족스러운 얼굴로 샤워를 하고 오겠다는 말을 남기고 방을 나갔다.

자리에 누웠지만 좀처럼 떨리는 심장이 가라앉지 않는다.

제시간에 약을 먹이려는 의사로서의 사명감일까. 그만큼 나를 아끼는 것이라 봐야 할까. 하지만 그게 그렇게 화를 낼 만한 일인가. 그 순간 남편의 눈빛은 애정이라기 보단 적의에 가까운 냉정한 눈빛이었다.

머릿속으로 의문 부호들이 꼬리에 꼬리를 물고 이어졌다.

정말 이 수첩에 적힌 메모만으로 저 남자가 내 남편이라고 믿어도 되는 걸까.

침대 옆 협탁 위에는 그 흔한 커플 사진이 든 액자 하나 없다. 돌이켜 보면 집 안에 남편과 함께 찍은 사진이 한 장도 없다는 게 마음에 걸렸다.

갑자기 부르르 소름이 돋는다. 그와 동시에 참을 수 없이 눈꺼풀이 무거워진다. 약 기운이 온몸에 퍼지는 것이리라.

내일이면 모든 걸 잊어버리겠지.

그건…… 안 돼…….

나는 안간힘을 쓰며 쏟아지는 졸음에 맞서 잠옷을 걷어 올렸다.

#

무거운 눈꺼풀을 뜨자 낯선 방안이 눈에 들어온다.

과음을 한 것처럼 머리가 멍하다.

"일어났어? 몸은 좀 괜찮아?"

"누, 누구세요?"

눈앞의 남자에게 묻자 남자는 익숙한 듯 알약과 수첩을

건넨다.

"지금은 혼란스럽겠지만 괜찮아. 우선 이 약을 먹고 쉬면서 수첩을 봐 봐. 그럼 모든 게 이해될 거야."

방을 나서는 남자를 뒤로하고 약을 먹고 수첩을 보니 그동안의 일들이 이해됐다.

영화 《메멘토》의 남자와 같은 기억 상실증이라니……. 놀라움과 당혹감이 밀려왔다. 침대를 걷어 보니 양 발목에 붕대가 감겨 있었다.

유독 왼쪽 발목의 붕대가 새것인 것을 보면 비교적 최근에 다친 것일까.

그나저나 강남 개인 병원이라니. 조금 전 방을 나간 남편의 얼굴을 떠올리며 그토록 꿈꾸던 의사 아내의 화려한 삶을 상상했다. 그때 무심코 왼쪽 겨드랑이 안쪽을 긁다가 찌르르한 통증에 손을 뺐다.

손톱 밑에는 피딱지가 끼어 있었다.

"뭐지……."

왼쪽 잠옷 소매를 걷어 올리자 이제 막 생긴 상처 딱지가 떨어져 피가 배어나고 있었다. 왜 이런 곳에 상처가 생겼는지 의아함도 잠시. 상처에 생긴 딱지의 모양에 눈길이 쏠렸다.

"약?"

겨드랑이 안쪽 부드러운 살에는 분명 '약'이라고 쓰여 있었다.

가슴이 두근거리기 시작했다. 자연스럽게 생긴 상처가 아니다. 의도적으로 만든 상처. 이건 하루 동안의 기억을 잃기 전 내가 나에게 보내는 경고이리라.

조금 전 남편이란 사람이 건넨 알약이 뇌리를 스쳤다.

순간 정신이 번쩍 들었다.

중년의 남자가 남편이 아니라면. 수첩의 내용이 날조된 것이라면. 교통사고를 낸 남자가 그대로 나를 차에 실어 이리로 데려왔을지 누가 알겠는가.

나는 다급하게 손가락을 목젖까지 집어넣어 구토를 유도했다. 하나 구역질이 나오려던 찰나 문밖으로 발소리가 들려와 입에 넣었던 손가락을 뺄 수밖에 없었다.

"울었구나. 괜찮아. 내가 계속 당신 곁에 있으니까."

아침을 들고 방으로 돌아온 남자는 헛구역질로 차오른 눈물을 단단히 오해한 듯했다. 나는 손을 뻗어 나의 머리를 쓰다듬는 남자의 손길을 꾹 참아야만 했다.

정신 차리자. 똑바로 정신을 차려야만 산다.

나는 최대한 남자가 원하는 대로 군말 없이 따랐다. 그러면서 탈출의 기회를 엿봤지만 마땅치 않았다.

휴대폰은 커녕 전화기도 없다. 남자의 휴대폰은 어디에

있는지 모른다. 두 발이 불편해 집 밖으로 도망치기도 여의치 않다. 창문 밖으로 구조 메시지를 던져 볼까 생각해 봤지만, 민가와 떨어진 집 근처에서는 사람 그림자라곤 찾아볼 수도 없다.

기가 막힐 노릇이었다. 남자와 나 오직 단둘. 세상과는 완전히 고립돼 버린 것이다.

고민하는 사이 어느덧 해가 지고 밤이 찾아왔다.

소고기 스튜로 저녁을 먹고 나자 잠시 후 남편이 물과 함께 파란 캡슐을 들고 왔다. 아침 약은 어쩔 수 없었지만 이 약만은 절대 먹고 싶지 않았다.

나는 남편이 보는 앞에서 알약을 혓바닥 아래에 숨기고 물을 마셔 삼키는 척했다. 남편은 아무런 의심 없이 내 이마에 입을 맞춘 뒤 씻고 온다며 방을 나갔다.

다행이다. 남편이 내게 키스했다면 혓바닥 아래 숨긴 약을 들켰을 것이다. 나는 서둘러 알약을 뱉어 냈다.

마음이 급해졌다. 남편이 나와 같은 침대에서 동침한다면 지금 이 짧은 시간이 내게는 마지막 탈출의 기회일 것이다. 이불을 걷고 힘겹게 두 발을 내디뎠다. 발목에 찌릿한 통증이 일었지만 이를 악물고 힘을 줬다.

한 발. 그리고 두 발.

아기가 걸음마를 떼듯 천천히 발을 옮겨 방문 앞에 다

다랐다.

소리가 나지 않게 문을 열고 방을 나섰다.

눈앞에 1층 거실로 향하는 계단이 늘어서 있다. 거실 옆 화장실에서 희미한 물소리와 함께 남편의 콧노래가 들린다.

미친 변태 새끼. 대체 날 얼마 동안 가둬 둔 거냐. 그래. 마음껏 즐겨라.

계단을 내려서자 발목에 가해지는 통증이 더욱 심해졌다. 이마에 비지땀이 솟고 겨드랑이가 축축하게 젖어든다. 나는 신음 소리를 내지 않기 위해 잠옷의 앞자락을 이빨로 꽉 깨물었다.

한 계단. 두 계단…….

온 정신을 계단에 집중하느라 미처 몰랐다. 화장실의 물소리가 멎어 있었음을.

"수아야. 지금 뭐 하는 거야?!"

계단 아래 알몸의 남편이 눈에 들어온 순간. 인상을 찌푸릴 정도로 날카로운 비명 소리가 집 안에 울려 퍼졌다.

아득히 멀어지는 정신 속에서 깨달았다. 그것이 내 입에서 나온 소리라는 걸. 지금도 여전히 비명을 지르고 있다는 걸.

내가 계단에서 굴러떨어졌음을 깨닫기까지 얼마간의 시간이 흘렀는지 전혀 모르겠다.

- 헤어져. 더 이상은 너랑 못 만나.

- 또 왜 그래. 네가 해 달라는 대로 다 해 줬잖아.

- 병희야. 지금 뭐라고 했니. 해 달라는 대로 다? 하하.

- 비꼬지 말고 얘기해. 난 지금 진지하니까.

- 진지? 그럼 난 장난이라는 거야? 보자보자 하니까. 정말 내가 우습게 보이나 보네. 솔직히 까놓고 말해 보자. 너 같은 말단 셀러리맨이 나랑 급이 맞는다고 생각해? 네가 하도 만나자고 졸라 대서 재미 삼아 놀아 주긴 했다만…… 결혼? 하하하. 진짜 너무 웃긴다. 너.

- 내가 어때서 그래. 대홍건설 정도면 어느 정도 안정된 직장이잖아. 아직 모은 돈은 없지만 내가 열심히 할게. 나 좀 믿어 주면 안 돼?

- 야. 야. 야. 이 병신아.

- 수아야. 왜, 왜 이래. 그만 밀어.

- 넌 아직도 꿈속에서 사는구나. 열심히 한다고 다 되는 줄 알아? 열심히 한다고 갖고 싶은 걸 다 가질 수 있다고 생각하는 거야? 그래서 넌 안 된다는 거야.

- 제발……. 흑흑. 수아야. 한 번만 기회를 줘. 나. 나 진

심으로 널 사랑한단 말이야.

 - 하아. 꿈 깨. 꺼지라고.

 - 정말 안 되겠니? 너 아니면 난 안 돼. 너 없이는 죽는
게 나아.

 - 말 한번 잘했다. 그냥 내 앞에서 사라져. 이제 구역질
나는 얼굴 치우라고. 니 말대로 어디 가서 뒈져 버리든가.

 - 흐흑. 그래. 알았어. 그게 네가 원하는 거라면⋯⋯ 네
소원대로 해 줄게.

 - 어. 야야. 왜 이래. 위험하게. 야. 야!

 - 끄아아아악.

 - 꺄아아아아아아아아악!

                              #

 극심한 통증에 눈을 떴다.

 비명을 지르고 싶지만 입을 틀어막은 호스 때문에 소리
조차 낼 수가 없다. 온몸이 부서질 것처럼 뼈 마디마디가
비명을 질러 댄다. 천장의 원형 조명이 눈이 멀어 버릴 듯
부시다.

 차츰 눈이 익숙해지자 백색의 방 안이 시야에 들어온다.
몸뚱이에 어지럽게 연결된 전선들. 규칙적으로 널뛰는 맥

박 그래프.

병원인가.

비록 옴짝달싹 못 하겠지만 빌어먹을 집구석에서는 탈출했구나.

더럽게 기분 나쁜 꿈을 꾼 것 같은데.

아. 이내 그것이 꿈이 아니란 것을 깨닫는다.

병희. 구질구질했던 전남친. 달려오는 덤프트럭에 몸을 내던져 개죽음당한 멍청이.

잃었던 기억의 한 부분이 떠올랐다. 남자가 건넨 약을 먹지 않아서일까. 기분 탓인지는 몰라도 몸 상태는 최악이지만 머리는 한결 맑아진 것도 같다.

어쩌면 단기 기억 상실은 남자가 준 약 때문인지도 모른다는 생각이 들었다.

그놈이 병원에 데려온 걸까. 납치는 했어도 내가 죽는 건 원치 않았던 걸까. 의도야 어쨌든 이젠 상관없다. 병원에 왔으니, 치료를 받고 기억도 몸도 모두 회복할 수 있으리라. 어서 목구멍을 틀어막은 호스를 빼고 나를 감금한 미친놈을 신고했으면 좋겠다.

"김 선생님. 진짜 오랜만인데 직접 집도하셔도 괜찮겠어요?"

"하하. 날 걱정해 주는 마음은 알겠는데. 박 간호사는 내 실력 잘 알잖아?"

멀리서 들려오는 목소리에 온 신경이 곤두섰다.

내가 잘못 들은 게 아니라면.

김 선생이라 불리는 자는 나를 감금했던 변태의 목소리가 아닌가.

"나는 환자 상태를 체크하지. 박 간호사는 수술 준비를 마저 해 줘요."

"네. 선생님!"

대답과 함께 멀어지는 발소리. 그리고 점차 진해지는 놈의 체취.

온몸에 돋은 소름이 멈추지 않는다. 머릿속에서 엥엥거리는 경고음이 울려 댄다.

젠장. 몸이 전혀 말을 듣지 않아. 살려 줘. 살려 달라고!

"우리 자기. 깨 있었네. 클클클."

귓가에 들리는 끈적이는 목소리. 아아아. 놈이다. 놈이 맞다.

악몽 같은 상황에 나는 눈을 질끈 감아 버린다. 하지만 귓속을 파고드는 기분 나쁜 목소리는 막을 수가 없다.

"앙큼한 계집 같으니라고. 감쪽같이 나를 속이고 탈출하려 하다니. 집으로 돌아가면 아주 큰 벌을 줘야겠어."

놈의 뜨거운 입김이 얼굴에 닿는다. 구역질이 치밀어 오른다.

"마지막 약을 먹은 게 얼마나 됐지? 흠. 지금쯤이면 기억이 돌아왔을지도 모르겠군."

가만히 실눈을 뜨자 놈의 얼굴이 코앞에 있어 깜짝 놀랐다. 나는 곧바로 시선을 다른 곳으로 돌렸다. 놈은 그러거나 말거나 입꼬리를 씨익 올리며 내게 속삭인다.

"병희. 병희 알지?"

예상치 못한 전남친의 이름에 나도 모르게 눈을 부릅떴다. 놈은 나의 반응을 지켜보며 말을 이었다.

"불쌍한 놈. 정말 바보같을 정도로 착했던 동생이었어."

나는 다시금 두 눈을 부릅떴다. 관자놀이에서 맥박이 느껴질 정도로 피가 얼굴로 쏠렸다.

"그런 착한 동생이 죽었어. 왜 죽었을까. 수아야. 너는 아니?"

"흡……."

갑작스레 목덜미에 압력이 가해진다. 숨. 숨을 쉴 수가 없다. 침대 옆 맥박 그래프가 불규칙하게 널을 뛴다.

얼마나 시간이 흘렀을까. 눈동자가 위로 말려 올라가고. 마침내 정신을 잃으려던 찰나 목덜미의 압박이 풀렸다. 나는 가슴이 부풀어 오르도록 가쁜 숨을 내쉰다.

"동생의 복수를 위해 오래도록 너를 지켜봤어. 그러다

때마침 술에 취해 비틀거리는 널 발견했지. 난 속으로 환호성을 질렀어. 그토록 기다리던 기회가 제 발로 찾아온 거야."

남자의 눈이 희번덕거렸다.

"퍽치기로 정신을 잃은 널 이곳에 데려왔어. 그리고 기억 상실을 유발하는 독한 약을 먹이고 네 남편 노릇을 한 게 몇 달이더라. 큭큭큭."

너무나 충격적인 정보가 쏟아져 들어오다 보니 지금의 상황이 현실이 아니라 꿈이라는 생각이 들기 시작했다.

"깨어 있는 동안에는 네년의 남편을 연기하고, 약에 취해 잠든 동안에는 널 해치고 치료하는 짓을 반복했어. 그런데 이상한 일이 벌어지더군."

놈은 자신의 이마를 덮은 머리카락을 쓸어 올렸다.

"꼭두각시처럼 내 마음대로 조종당하는 네게 점점 마음이 가는 거야. 참 이상하지?"

놈이 내게로 다가와 오른쪽 볼에 입을 맞춘다.

"이상해도 상관없어. 이게 내 취향이라면."

놈이 한 번 더 볼에 입을 맞췄다.

"수아야. 난 말야. 네 목숨이 다하는 날까지 이렇게 너와 함께 살고 싶어."

어느새 차오른 눈물이 눈가를 타고 흘러내린다.

"사랑해…… 마이 달링."

귓가를 간지럽히는 사랑 고백.

나는 가까스로 버티고 있던 이성의 끈을 놓아 버렸다.

붉은 낙서

"경찰에 신고하자."

커튼 사이로 바깥을 기웃대는 남편에게 아내가 종용한다.

"조금만 기다려 봐."

남편이 거실 창을 지켜보며 신경질적으로 대꾸한다. 아내는 뭔가 더 말하려다가 그만둔다. 그때 방문이 열리고 꼬마가 쪼르르 방 밖으로 나온다.

"엄마 심심해. 놀자."

남편이 탄식한다.

"아휴. 희근이 데리고 들어가. 얼른."

아내가 아이를 데리고 방으로 들어가자 남편은 다시 창 밖으로 시선을 돌린다.

그때였다.

담장 밖을 배회하는 낯선 그림자. 하지만 좀처럼 모습이 보이지 않는다.

남편의 눈이 가늘게 찢어진다. 마침 아내가 방에서 나오자 남편이 턱짓한다. 아내가 잰 발로 남편의 옆에 선다.

남편이 목소리를 낮추고 속삭인다.

"또야. 또 나타났어."

아내는 못 참겠다는 듯 말한다.

"여보 나 무서워 안 되겠어. 경찰에 신고하자. 응?"

남편이 굳은 얼굴로 말없이 고개를 끄덕였다.

#

오후 18시 14분

한 번도 아니고 세 번이나.

너무 무서워서

경찰에 신고했더니

CCTV가 없어서 범인을 특정할 수 없고

그냥 조심하라는 말이랑

저녁에 몇 번 순찰 돌아 준다는 답변밖에 못 받았다며?

나 너무 무서운데 어떡해..

1   희서야 어디니? 전화는 왜 안 받아.

1   무슨 일 있는 거야?

1   희서야 어디야. 희서야.

1   희서야. 제발... 괜찮은 거니?

"이게 실종된 따님의 마지막 문자군요."

확실히 부인의 휴대폰 문자함에는 18시에 딸이 보낸 문자가 마지막이었다. 이후로 대답은커녕 엄마가 보낸 문자조차 확인하지 않고 있었다.

"네……. 흐흑. 형사님 우리 희수 잘못됐으면 어떡하죠?"

며칠째 잠을 이루지 못했는지 티셔츠로 눈물을 찍는 부인의 몰골은 초췌하다 못해 안쓰럽기까지 했다. 남편이 아내의 어깨를 어루만졌다.

"자 어머님 지금은 비관하실 때가 아닙니다. 진정하시고 잘 기억해 주세요. 어머님의 사소한 기억 하나가 실종자를 찾는 결정적 실마리가 될 수 있습니다."

부인은 기억을 떠올리려는 듯 눈동자가 위로 올라갔다. 하지만 이내 미간을 찌푸리며 거칠게 고개를 흔들었다. 또다시 눈가에 눈물이 차올랐다.

"죄, 죄송해요. 전 엄마로서 실격이에요. 흐흑. 희서랑 친한 친구가 누구인지, 학교 생활은 어땠는지 전혀 모르겠어요. 먹고살기 바쁘다는 핑계로 우리 희서를 너무 방치했나 봐요. 어쩜 좋아……"

"엄마. 나 배고파."

대여섯 살 정도 돼 보이는 꼬마가 문가에 서 있던 부인의 트레이닝 바지를 잡아당겼다. 중학교 2학년인 실종자와는 열 살 정도 터울인 동생인가 생각 하고 있는데, 부인이 손바닥으로 눈가를 훔치고 아이를 품에 안았다.

"우리 희근이 배고팠구나. 엄마가 지금 밥 줄게."

아이를 달래며 대문 안으로 들어서는 부인이 우뚝 걸음을 멈췄다. 고개를 돌린 부인의 얼굴은 애써 울음을 참느라 부자연스럽게 일그러져 있었다.

"형사님 우리 희수 꼭 좀 찾아 주세요. 부탁이에요."

나는 말없이 고개를 끄덕였다. 마당을 가로질러 멀어지는 부인의 슬리퍼 색깔이 서로 달랐다.

제정신이 아니리라. 슬리퍼조차 짝을 맞춰 신지 못할 만큼.

"이게 다 경찰의 직무 태만 때문이라고요."

부인이 집 안으로 들어가자 내내 불만 가득한 표정으로 서 있던 남편이 툭 내뱉었다. 리젠트 컷에 날카로운 눈빛의 남편은 꽉 끼는 반소매 셔츠 아래로 호랑이 문신이 팔목을 수놓고 있었다.

"아내와 전 희수가 집에 들어오지 않은 바로 다음 날 파출소에 신고했습니다. 그런데 신고를 받은 순경이 뭐라고 했는지 아십니까?"

순경이 뭐라고 했을지는 뻔하다. 매뉴얼대로 대응했으리라. 게다가 실종자는 과거 가출 이력도 있었다. 순경을 탓할 수는 없는 노릇이었다. 하지만 남편 앞에서 그런 내색을 할 수는 없었다. 잠자코 있자 할 말이 없다고 여겼는지 남편은 이제껏 참았던 불만을 쏟아 냈다.

"단순 가출일 수도 있으니 며칠 더 기다려 보라고 합디다. 네. 솔직히 희수가 실종되기 전에 가출했던 적은 몇 번 있습니다. 그래도 말이죠."

남편은 답답하다는 듯 자신의 가슴을 주먹으로 쾅쾅 쳤다.

"가출이든 뭐든 경찰은 사람이 없어지면 무조건 찾아보는 게 정상 아닌가요. 그게 국민의 세금을 받아먹는 경찰이 마땅히 할 일 아닙니까!"

남편은 당장이라도 눈알이 튀어나올 정도로 흥분해 소

리쳤다. 남편의 답답한 심정 역시 이해 못 하는 건 아니었다. 나는 정중히 허리를 숙였다.

"죄송합니다. 하지만 지금은 잘잘못을 따질 때가 아닙니다."

그랬다. 응급 환자가 제한 시간 내 치료를 받아야 하는 치료의 골든 타임처럼 실종에도 골든 타임이 있다. 실종의 경우 통상 가출 신고 뒤 48시간을 골든 타임으로 여긴다. 하나 이번 케이스는 이미 5일이 지나 버린 상황이었다. 1분, 1초가 지날수록 실종자의 생존률은 수직 낙하한다고 봐야 했다.

나는 얼굴이 붉게 상기된 남편에게 물었다.

"따님이 보낸 문자를 보면 실종 전에도 공포에 떨고 있었던 걸로 보입니다. 무슨 일이 있었던 건가요?"

"낙서입니다."

남편은 잠시 시간을 두고 강한 어조로 말했다.

"미친놈이 남긴 거지 같은 낙서요."

말을 마친 남편이 주먹을 불끈 쥐고 씩씩댔다.

나는 인내심을 갖고 되물었다.

"자세히 말씀해 주시죠."

"일단 이거 먼저 보세요."

남편이 녹색 대문 옆 담장을 향해 턱짓했다. 남편이 앞

장서 담장을 따라 골목의 코너를 돌았다. 나도 남편의 뒤를 따랐다.

집의 측면 담장 앞에 서자 대문이 있는 정면에서는 보이지 않았던 낙서가 눈에 들어왔다. 군데군데 미장한 시멘트 조각이 떨어져 벽돌이 드러난 담장 사이로 남편이 말한 그 '거지 같은' 낙서가 한가득했다.

- 이 집 딸 내꺼!!
- 사랑해
- 꼭 가질 거야
- 따먹어 버릴 거야

붉은 페인트로 써 낸 조악한 글자들이 담장을 메웠다. 나는 휴대폰 카메라 앱을 켜 적나라한 담장의 문구를 담았다. 그사이 남편은 담배 끝에 불을 붙인 뒤 깊이 숨을 들이켰다.

"이게 처음이 아니라는 말이죠?"

"네. 이번이 세 번째입니다."

답하는 남편의 입에서 뿜어나온 연기가 공중에 흩어졌다. 남편은 담배를 연이어 두 번 빤 뒤 말을 이었다.

"이것도 진작에 신고했는데 당신들이 묵살했지. 희서가

실종된 것과 이 미친 새끼가 연관이 있을지 어떻게 알겠어. 안 그래?"

존댓말이던 남편의 말투가 반말로 급변했다. 난 내색하지 않고 질문을 이었다.

"실종 전으로 수상한 사람이 댁을 기웃거린 적이 있습니까? 혹은 따님이 스토킹을 당한 적은요?"

"아내 말로는 한 달쯤 전인가. 수상한 놈이 하교하는 희수를 따라온 적이 있다더군. 하지만 그게 다야. 내가 직접 학교가 끝난 희수를 데리러 간 뒤로는 말야."

남편은 요란하게 코를 들이마신 뒤 침을 퉤 뱉었다.

"날 보고 쫄아서 포기했나 보다 여겼지. 하지만 착각이었어. 담벼락에 낙서까지 한 걸 보면."

"따님의 실종과 함께 담장을 낙서한 범인도 함께 수사하겠습니다."

나는 손수건을 꺼내 이마에 흐르는 땀을 닦아 냈다.

"초동 수사가 미흡했던 점은 인정합니다. 하지만 저희도 최선을 다하고 있으니 조금만 시간을 주십시오."

"뭐가 됐던 상관 없어. 우리 희수만 무사히 데려오면 돼. 그렇지 않으면 니들 전부 각오해야 할 거야."

남편은 눈을 희번덕거린 뒤 그대로 돌아서 가 버렸다.

남편의 태도는 오만불손하기 그지없었다. 하지만 딸에

대한 걱정을 격정적 분노로 표출하는 것일지도 모른다고 생각하니 한편으론 이해가 갔다. 감정의 표현 방식은 사람마다 다르니까. 그나저나 저속한 낙서범이 소녀의 실종과 연관돼 있을 거라는 생각이 강하게 들었다.

나는 고개를 하늘로 들어 주변을 살폈다. 외진 골목 담장 주변에 CCTV는 없었다. 하지만 아주 방법이 없는 건 아니다. 이제 놈은 단순 낙서범에서 소녀 유괴범의 용의자로 격상됐다. 그동안 방관했던 경찰의 관심도 함께 격상된 것이다.

서서히 황혼이 지고 있다.

골목길에도 어둠이 드리운다.

나는 담장 맞은편으로 난 길로 발걸음을 옮겼다.

저 앞 파란 지붕의 양옥집 담장 아래 주차된 소나타를 향해.

그때 뒤통수에 따가운 시선이 꽂혔다. 오랜 형사 생활로 벼려 온 감각이랄까.

시선이 날아든 방향으로 고개를 돌리자 누군가 후다닥 담벼락 뒤로 몸을 숨겼다. 나는 최대한 기척을 죽이고 담벼락을 향해 재빨리 발을 놀렸다. 잠시 후 상대가 담벼락 끝으로 고개를 내미는 순간. 그대로 머리채를 휘어잡아 땅바닥에 내다 꽂았다.

고통에 찬 비명 소리가 땅거미 진 골목을 뒤흔들었다.

"아야야······."

한순간 할 말을 잃었다. 머리카락을 부여잡고 바닥을 뒹구는 녀석은 한눈에 봐도 앳돼 보이는 소년이었다.

"뭐야. 넌······."

내 말에 녀석은 퍼뜩 정신을 차린 듯 벌떡 일어나 권투 자세를 취했다.

"희, 희서. 어딨어. 당신이지? 누군데 이 집 주변을 서성이는 거야. 어?!"

나는 팔짱을 끼고 나직이 물었다.

"그러는 넌 누구냐? 아니, 그보다 몇 살이냐?"

녀석이 발끈해서 외쳤다.

"나······ 나이가 뭐가 중요해! 난 희서 남친이라고."

순간 머릿속에서 눈앞의 녀석과 스토커에 등호가 그려졌다.

"너 이 새끼······."

난 녀석 앞으로 성큼 다가갔다. 예상대로 녀석은 오른팔로 주먹을 질렀다. 나는 날아오는 주먹을 가볍게 피한 뒤 그대로 오른팔을 낚아채 녀석의 등 뒤로 꺾었다.

"아야야야야······. 이거 놔요!"

"안 돼. 아저씨랑 경찰서에 가서 조사 좀 받아야겠다."

"네, 네? 아저씨…… 경찰이었어요?"

진심으로 놀라는 녀석에게 괜스레 부아가 치밀었다.

"왜 임마. 그럼 내가 스토커인 줄 알았냐. 대체 뭘 보고……."

"이거 놔요. 전 사납게 생긴 아저씨가 희수 아빤 줄 알았다고요……."

불현 듯 녀석의 말에 물음표가 그려졌다.

"아빠가…… 왜?"

녀석은 눈물을 글썽거리며 답했다.

"희수 새아빠…… 아니, 그 계부 새끼가 희수를 학대했었다고요!"

어느새 녀석의 팔을 붙든 손에 스르르 힘이 빠져나갔다.

\#

'중학생 딸 학대' 친모·계부…. '아동학대 살해죄' 구속 기소

중학생 딸을 학대하여 죽음에 이르게 한 30대 친모와 계부가 아동 학대 살해 혐의로 재판을 받게 됐다. 무진지검은 37살 계부 A씨와 34살 친모 B씨를 아동 학대 살해 등의 혐의를 적용해 구속 기소했다.

이들은 무진시 한 단독 주택에서 동생(5세 남아)을 잘 돌보지 않는다는 이유로 중학생 딸(16세)을 집단 폭행했고 식탁 모서리에 머리를 부딪혀 의식을 잃은 딸을 그대로 방치하다 사망에 이르게 한 혐의를 받고 있다.

검찰은 이들이 아동 학대 살해를 은폐하기 위해 스토커 납치 사건으로 자작극을 벌인 정황을 추가 조사하고 있다.

보고 있던 신문을 덮어 책상 위로 던졌다.

심각한 아동 학대를 방지하고자 양형 기준을 개정해야 한다는 보도가 연일 쏟아져 나오고 있다.

소녀의 시신은 그녀의 집 화장실에서 트렁크에 담긴 채 발견됐다.

발견 당시 부패가 상당히 진행된 상태였다고 한다.

전남편 사이에서 태어난 소녀는 친모와 계부 사이에서 난 남동생과 상당한 차별을 받아 왔다고 한다. 소녀의 잦은 가출은 살기 위한 탈출이었던 것이다.

그럼에도 불구하고 지독한 학대 끝에 결국 소녀는 죽음을 맞았다.

친모와 계부는 이를 은폐하기 위해 가출 신고를 한 뒤, 담벼락에 저속한 낙서를 하여 스토킹 범죄로 보이기 위한 조작을 감행했다. 늦은 밤 부부가 합작하여 담장에 낙서하는 장면이 담장 맞은편에 주차된 차량 블랙박스에 고스

란히 찍혀 있었다.

집 근처를 배회하는 낯선 이를 스토커로 몰아붙이려 했지만, 부부는 상상도 못 했으리라. 그 낯선이가 딸의 남자 친구일 거라고는.

소녀와 연락이 끊긴 것을 걱정한 남자 친구가 배회하지 않았다면.

등골이 서늘해진다.

정말로 가출 소녀의 실종으로 사건은 종결됐을지도 모를 일이다.

엄마가 흘린 눈물은. 짝이 맞지 않던 슬리퍼는…….

전부 거짓된 연기인가. 아니면 딸을 잃은 충격만큼은 진실이던가.

가해자가 체포되어 사건이 종결됐지만 좀처럼 입안의 쓴맛은 오래도록 가시지 않았다.

일기

"오늘도 빠트리지 않고 일기를 썼구나."

뿔테 안경 너머 선생님의 눈이 반달이 된다. 나는 만족스러운 듯 고개를 끄덕였다.

"네. 하루도 빠지 않고 쓸 거예요."

힘차게 대답하자 선생님이 손을 들어 내 머리를 쓰다듬었다.

"우리 예서. 참 착하구나."

이마에 선생님의 부드러운 손길이 느껴진다. 중저음의 부드러운 목소리가 귓가를 간지럽힌다.

두근두근.

나도 모르게 가슴이 벅차올랐다.

선생님께 받는 칭찬은 언제나 기분 좋다. 책상에 앉은

채 여전히 미소 지은 얼굴로 나를 바라보는 선생님을 뒤로하고 나는 일기장을 가슴에 묻고 상담실을 빠져나왔다.

교실로 돌아가는 발걸음이 두근대는 가슴처럼 경쾌하다.

"그대는 귀여운 나의 검은 고양이~ 새빨간 리본이 멋지게 어울려~."

콧노래를 흥얼거리며 교실로 돌아오니 반 아이들이 삼삼오오 모여 있다. 심각한 표정으로 체스를 두는가 하면, 바둑판에 오목을 두는 아이도 있었다.

아! CA 시간이었지.

바둑판을 뚫어지게 쳐다보며 골똘히 생각하는 창수. 승리를 직감한 듯 한껏 어깨가 올라간 맞은편의 태민. 기세 좋게 퀸으로 상대의 폰을 쓰러트리는 미희. 미희를 보며 머리를 긁적이는 웅규.

흥 유치해.

게임에 집중한 아이들을 지나 자리로 돌아온 나는 책상서랍 안에 일기장을 넣고, 대신 연습장과 색연필을 꺼냈다.

하얀 여백에 조금 전 보고 온 선생님을 떠올리며 선을 긋는다.

어느새 두 볼이 발그레 달아오르고 입꼬리가 올라간다.

나는 게임에 소질이 없거니와 아이들과도 그다지 친하지 않다. 더군다나 한낱 게임에 골몰하는 아이들의 모습은 마냥 유치해 보인다.

난 너희들보다 훨씬 성숙한 숙녀라고.

텅 빈 여백에 뿔테 안경을 쓴 선생님의 얼굴이 채워져
간다.

"너 정말 이러기야!"

교실을 울리는 떠들썩한 소리에 눈을 떴다. 고개를 들자
책상 위에 놓인 노트의 글씨 일부가 물기에 젖어 번져 있
었다.

나는 곧바로 글씨가 물기에 젖은 것이 아님을 직감했다.
누가 볼세라 입가에 흐른 침을 서둘러 소매로 닦았다.

아. 깜빡 졸았구나.

"내가 뭘 어쨌다고 난리야? 난리가."

"네가 자꾸 사기를 치니까 그렇지. 어?!"

서둘러 정신을 차리고 소리가 들리는 쪽으로 고개를 돌
렸다. 우뚝 선 응규가 노발대발 미희를 향해 삿대질을 하고
있었다. 주변의 아이들도 응규와 미희를 바라보고 있었다.

응규는 친구들의 시선은 아랑곳 없이 큰 목소리로 말을
이었다.

"그렇지 않고서야 내가 계속 질 리가 없어. 질 리가 없
다고!"

응규와 달리 의자에 앉은 미희는 코웃음을 쳤다.

"흥. 네가 매번 같은 곳으로 기물을 두니까 그렇지."

미희는 팔짱을 끼며 냉소적으로 이었다.

"솔직히 나니까 계속 널 상대해 주는 거야. 계속 지랄할 거면 얼른 뒈져 버리라고……."

놀라움에 입을 틀어막았다.

굳이 친구끼리 저렇게 심한 말을 할 필요가 있을까.

응규도 미희의 말에 충격을 받았는지, 아니면 대꾸할 말을 고르는지. 굳게 다문 입술은 열리지 않은 채 무서운 눈으로 미희를 노려보기만 했다.

응규의 얼굴이 삽시간에 도깨비처럼 변했다.

"너…… 이…… 육시랄……."

무섭게 분노로 떨리는 목소리. 핏줄이 튀어나올 정도로 꽉 쥔 주먹이 가늘게 떨렸다.

이, 이대로는 위험하다.

일촉즉발의 순간.

때마침 교실로 들어온 선생님이 응규의 어깨를 잡아 눌렀다.

응규는 예상치 못한 선생님의 등장에 놀랐는지 무릎이 풀린 듯 힘없이 제 자리에 주저앉았다.

"자, 자꾸 사기를 치니까……."

"아무리 그렇더라도 소란을 일으켜서는, 폭력을 사용해서는 안 됩니다."

선생님은 단호한 표정으로 일렀다. 웅규는 잠시 머뭇거리더니 결국 풀죽은 표정으로 고개를 떨궜다.

아. 선생님. 정말 너무 멋져.

무서운 듯하면서도 단호한 카리스마. 또다시 가슴이 요동친다.

그나저나 뭘 하다 존 거지?

시선을 내려 노트를 봤다. 글자가 빼곡히 적힌 노트는 다름 아닌 일기장이었다. 젖은 글자는 건너뛰고 눈으로 빠르게 일기를 훑는데 뭔가 위화감이 들었다.

"응? 내가…… 언제 이런 일기를 썼지……."

분명 내 일기장. 내가 쓴 글씨가 맞았다. 하나 선생님께 보여 드린 일기가 아니었다.

갑자기 등골에 식은땀이 흘렀다. 머릿속이 온통 혼란스러웠다.

내가 쓴 일기 다음 장에 새로 적힌 일기는 나로서는 전혀 모르는 내용이었다.

저 선생이라는 인간은 세상 친절한 사람처럼 미소를 흘리지만.

나는 안다. 응. 알고말고.

나를, 아니, 우리를 그저 자기 돈벌이로밖에 보지 않는다는 사실을.

가식적인 미소 뒤에 숨긴 탐욕스러운 악귀의 얼굴을 나는 안다.

더 이상 이곳에 있고 싶지 않다.

1분. 1초도…….

죽여 버릴 거다.

내 꼭 죽여 버리고 말 테다.

저놈의 뱀 같은 눈알을 파내고.

거짓말을 일삼는 세 치 혀를 뽑아 버릴 테다.

호랑이 굴에 들어가도 정신만 차리면 산다 했다.

정신 똑바로 차리자.

겨드랑이를 타고 흐른 식은땀으로 상의가 축축하게 젖어 들었다.

두 눈을 질끈 감았다. 차마 눈으로 보고 있을 수가 없었다. 얼굴로 피가 몰리는 기분이 들었다. 나는 누가 볼세라 두 손바닥으로 얼굴을 급히 가렸다.

붉게 달아오른 얼굴을 아무에게도 보이고 싶지 않았다.

정말. 정말 내가 이런 일기를 썼단 말인가. 그토록 좋아하는 선생님을 저주하는 일기를?

도저히 믿을 수가 없었다. 귀신에 홀린 기분이었다.

그런 와중에 손가락 사이를 파고들어 감은 눈꺼풀 위를

비추던 빛이 사라졌다.

설마…… 불길한 기분이 엄습했다.

나는 천천히 조그맣게 실눈을 떴다.

손가락 사이로 눈앞에 맺히는 흐릿한 실루엣. 몇 번 더 눈을 깜빡이자 실루엣은 점차 사람의 형태로 변해갔다.

"어머."

나는 눈앞의 정체를 확인하고 나서야 마침내 참았던 숨을 토해 냈다.

"선…… 선생님."

어느새 내 앞에선 선생님이 문제의 일기를 읽고 있던 것이다. 뿔테 안경 뒤로 보이는 선생님의 눈빛은 전에 없이 차갑고 심각했다.

이, 이건 오해야. 해명해야 해.

나는 얼음처럼 딱딱하게 굳어 버린 입을 열고 애써 목소리를 쥐어짰다.

"그게 아니고요. 저도 어떻게 된 건지 영문을 모르겠는데……. 정말로 제가 쓴 게 아닌데……."

한 번 트인 말은 앞뒤 없이, 두서없이 튀어나왔다. 나조차도 내가 무슨 말을 하고 있는 건지 모를 지경이었다.

선생님은 아무런 대꾸 없이 일기를 '탁' 소리 나게 덮었다. 선생님의 얼굴에서는 표정을 찾아볼 수 없었다. 선생님은 일기장을 도로 내 책상 위에 올려 두고 그대로 몸을 돌려 걸음을 옮겼다. 언제나 내게 지어 주던 미소는 어디에서도 찾아볼 수 없었다.

"아니. 아니. 정말로 그게 아니고요. 믿어 주세요. 선생님."

나는 돌아선 선생님을 향해 빠르게 중얼거렸다. 분명 내 말을 들었음에도 선생님의 발걸음은 멈추지 않았다.

끝내 교실 밖으로 멀어지는 선생님의 하얀 옷이 물결처럼 일렁거렸다.

두 볼 위로 따뜻한 눈물이 흐르고 나서야 내가 울고 있음을 깨달을 수 있었다.

나는 선생님의 마음을 돌리기 위해 더욱 열심히 일기를 썼다.

매 일기마다 그 날 있었던 일을 쓰기보다 선생님을 향한 마음을 표현하는 데 집중했다. 그것은 일기라기보단 절절한 러브레터나 다름없었다.

하지만 일기 사이사이 찢기는 페이지들이 늘어만 갔다.

나도 모르는 사이 선생님을 저주하는 일기가 빈번해졌기 때문이다.

그뿐만이 아니다. 창수는 몸이 굼뜨고 답답하다느니, 태민은 머리가 굳어 등신이라느니, 병신같이 맨날 당하기만 하는 웅규라느니…….

선생님뿐만 아니라 친구들의 험담도 늘어 갔다.

특히 선생님에 대한 혐오는 심각했다. 처음에는 단순히 분노의 표출에 그쳤지만 근래의 일기는 선생님에게 위해를 가하는 방법이 상당히 구체적으로 기술되었다.

대체 누가. 누가 이런 장난을 치는 걸까.

하지만 의심되는 아이들은 없었다. 모두 일기에는 관심조차 없어 보였다.

그럴 리 없겠지만. 아주 만약에…… 저주의 일기를 쓰는 사람이 바로 나라면…….

내 안에 다른 사람이 들어 있는 걸까. 지킬 박사와 하이드처럼 말이다.

의문은 꼬리에 꼬리를 물고 이어졌다. 정말로 내가 미쳐 버리고 있는 것 같아 덜컥 겁이 났다. 이대로는 정신 병원에 갇혀 버릴지도 모르는 일이다. 하지만 그렇게 되면 선생님과 헤어져야 한다.

싫다. 그것만은 절대로 싫다.

이해할 수 없는 일은 그뿐만이 아니다.

미처 찢지 못한 일기를 선생님께 제출한 적이 있다. 내가 일기장을 확인하기 전에 또 다른 내가 일기를 써 놨었나 보다.

그런데 선생님은 그 일기를 보고서도 아무 말도 하지 않았다.

얼굴을 붉히며 애써 화를 참는 표정이었지만 내게 자신을 저주하는 일기를 쓴 이유를 묻지 않았고. 혼을 내지도 않았다.

왜일까. 선생님은 왜 나를 혼내지 않는 걸까.

침대에 누워 하얀색 천장을 보며 곰곰이 생각해 봤지만, 답은 나오지 않았다. 어려운 산수 문제를 푸는 것보다 훨씬 어려웠다.

"하아아암."

눈꺼풀이 무거워진다. 내가 잠든 사이 또 다른 내가 깨어날까 두렵지만 쏟아져 내리는 졸음을 피할 수가 없다.

나는 서서히 꿈의 나라로 빠져들어 갔다.

"흐아아아아아아아아."

웃음…….

"으아아아악!"

왜 이리 시끄러워.

"야이 시발!"

귓가를 때리는 소란과 욕설.

눈을 뜨려 노력 했지만 눈꺼풀이 달라붙기라도 한 듯

좀처럼 뜨이지 않았다.

"선생님 괜찮으세요? 피…… 피가…… 끼야아아아악!"

날카로운 비명에 고막이 찢어질 것 같다. 뭔가 큰일이
벌어진 게 분명하다. 그런데 어째서인지 몸을 전혀 움직
일 수가 없다.

"으으으으으."

나는 눈꺼풀에 온 힘을 모았다. 천근만근 같은 눈꺼풀을
겨우겨우 밀어 올렸다. 마침내 좁아진 시야로 눈앞의 광
경이 들어왔다.

하지만 그 광경은 내가 전혀 예상치 못한 광경이었다.

엉거주춤 넘어진 선생님을 다른 선생님들이 부축하고
있었다. 그런데 한쪽 눈을 가린 선생님의 손바닥 아래로
새빨간 피가 볼을 타고 흘러 턱 끝에서 뚝뚝 떨어지고 있
었다.

"선, 선생님?"

순간 선생님이 남은 한쪽 눈을 나를 향해 부릅뜨고 크
게 소리쳤다.

"야이 노망난 할망구야!"

할망구?

노망?

내게 하는 말인가.

선생님이 미쳤나. 난 초등학생인데.

"쯧쯧쯧. 저 노인네 계속 병원에서 내보내 달라고 깽판을 치더니 결국 일을 저질러 버렸네……."

"에휴. 그러게 말여. 치매면 곱게 미쳐야지. 결국 격리 병동으로 들어가겠구먼."

"선생님 잘생겼다고 그리 아양을 떨 때는 언제고. 정신만 차리면 죽여 버리겠다고 노래를 부르더니만……."

"그나마 의사 양반이 쓰고 있던 안경이 아니었으면 연필이 눈알을 터트렸을 겨."

……응?

땀방울이 곰팡이처럼 목에서 가슴골 사이로 퍼져 나갔다. 피가 머리와 얼굴로 쏠려 관자놀이에서 맥박이 느껴졌다.

뭔가 중요한 말을 들은 것 같아 몸이 반응했지만 머리가 미처 따라잡지 못했다.

나는 천천히 고개를 돌렸다.

내 팔을 굳게 결박한 남자들 뒤로 창수, 태민, 미희, 응규가 수근대고 있었다.

아니…… 그들은 더 이상 내가 알던 초등학교 같은 반 친구들이 아니었다.

하얗게 센 머리카락 아래로 볼품없이 늘어진 주름진 얼굴.

때 묻은 병원복을 입고 눈에 띄게 허리가 굽은 노인들.
그들이 나를 향해 손가락을 흔들고 있었다.

의문의 녹음

야야. 나 진짜 너무 무서워. 이렇게는 학원 못 다닐 거 같아.

너도 기억하지? 내가 가끔 화장실이라도 다녀오면 책상 위에 놓고 갔던 교제가 사라지거나 아끼던 필기구가 부러져 있었다고 한 거.

그 정도면 다행이게. 이어폰이 없어진 적도 있었잖아.

맞아. 맞아. 그런 이상한 일이 또 일어났어. 진짜 미친놈인가 봐.

아으. 생각만 해도 또 소름이 돋는 거 같아.

아냐. 이번엔 예전하고 전혀 달라.

참. 그렇지.

너도 들어 보면 되겠다. 이거 한 번 들어 봐.

어때? 들었어? 망할 은비 년 당장 죽여 버리고 싶다
고⋯⋯. 웅성거리는 소음 사이로 똑똑히 들리지? 세 번이
나 반복해서 말하는 거.

학원에 은비는 나뿐이잖아. 게다가 내 책상에 있던 녹음
기에 녹음된 거니까. 분명 나한테 한 소리야.

이 녹음기는 뭐냐고? 그건⋯⋯.

내가 공무원 준비 시작한 지 3년째잖아.

너도 알다시피 우리 집 형편도 그렇고. 올해가 진짜 마
지막이거든. 그래서 생각한 게 학원 강의를 전부 녹음한
다음에 독서실에서 다시 복습하는 거였어. 내가 이해력이
딸려서 수업 중에 놓치는 부분이 많거든.

맞아. 매일 귀에 꽂고 듣는 게 녹음한 강의야. 훗. 넌 내
가 그저 노래나 듣는 줄 알았구나?

어쨌든, 중요한 건 그게 아니고.

어제 내가 화장실이 급해서 수업 끝나자마자 화장실로
달려갔거든. 녹음기 끄는 걸 깜빡하고 말이야. 근데 학원
끝나고 독서실에 와서 녹음된 수업을 다시 듣는데 이게
들리는 거야.

어때. 네가 듣기에도 남자 목소리 같지? 낮고, 음습하
고, 끈적거리는⋯⋯.

아우. 변태 새끼 진짜 기분 나빠.

신고? 안 했어. 인터넷에 찾아보니까 물리적인 피해가 있어야 경찰도 수사에 나서는 것 같더라고. 심지어 귀찮아 한다나. 경찰도 안 나서는 걸 학원 관리자가 나설 것 같지도 않고.

나 진짜 중요한 시기인데 괜히 이런 일 때문에 집중 흐트러지는 건 원치 않아.

진짜 올해가 마지막이란 말야. 히잉.

학원 강의실에 CCTV는 없어. 선생님 강의를 녹화하는 카메라가 있긴 한데 강의실 내부를 찍지는 않아. 아무래도 학생들 프라이버시 때문이겠지.

의심되는 사람? 원한 살 만한 사람?

호호호. 내가 무슨 원한이나 살 그런 사람으로 보여? 난 진짜 남한테 쓴소리 한 번 못 하는 평화주의자라고.

근데…… 사실 네가 물어봐서 하는 말은 아니고.

어젯밤 침대에 누워서 곰곰이 생각해 봤거든. 내게 이런 짓을 할 사람이 누가 있을지.

응. 처음엔 아무도 없을 줄 알았어. 그런데 생각해 보니까 조금 의심되는 사람이 세 명 정도 있더라고.

선생님? 풉. 아냐. 아냐. 나랑 같은 강의를 듣는 학생이야. 선생님이 내 책상까지 와서 그러는 건 학생들 눈길도 끌뿐더러 너무 부자연스럽지. 선생님이 무슨 바보도 아니고.

얼른 말해 보라고? 누가 범인 인지 맞춰 본다고?

호호호호. 매일 공부는 안 하고 추리 소설만 파더니. 갑자기 탐정 모드라도 발동한 거야?

너 진짜 웃긴다.

알았어. 알았어. 그다지 신뢰는 안 가지만 어쨌든 말해 볼게.

첫 번째는 민수 오빠야. 4수생인데 수염도 안 깎고 매번 같은 옷만 입고 다니는. 뭐랄까. 가까이 하고 싶지 않은 오빠? 호호호.

좀 기다려 봐. 그 오빠가 왜 의심되는지는 지금 말해 줄 테니까.

한 3주 전인가. 그 오빠가 내 번호를 물어봤었거든. 맞아. 내 번호를 따려고 하더라고. 풉. 나 진짜 그때 온몸에 소름 돋았던 거 알아? 진짜 당장 짐 싸 들고 집으로 도망치려다 겨우 멘탈 잡았다고. 솔직히 '네가 감히 나를?'이라는 생각 들긴 했었어.

번호 줬냐고? 설마. 내가 뭐가 아쉬워서 주겠니.

뭐 직접적으로 거절하기도 그렇고 해서. 내가 그랬지.

나 핸드폰 없다고. 큭.

궁색하긴 한데 오히려 당신한테 일도 관심 없다는 걸 알아줬으면 하는 마음에서 한 말이었어.

근데 그 오빠가 뱉은 말이 아주 가관이야.

'거지같네'라고 중얼거리더니 휙 돌아서 가 버리는 거야. 참나.

나 진짜 어이가 없어서 잠시 멍하니 서 있었잖아. 그렇게 안면몰수할 줄 누가 알았겠어.

너두 의심되지. 그치?

두 번째? 두 번째는 되게 음침해 보이는 남자야.

이야기를 나눠 본 적이 없어서 이름도 나이도 모르는데 앞머리를 길게 길러서 두 눈을 다 덮고 다니거든. 눈이 안 보여서 그런지 굉장히 음침하고 무슨 생각을 하는지 모르겠는데…….

이 사람이 자꾸 나를 보면 고개를 숙이고 입을 가린 채로 실실 웃어. 그러다 눈이 마주치면 정색하고 고개를 돌리는데. 누가 나를 보고 있으면 괜히 신경 쓰이잖아. 뒤통수가 간질거려서 돌아보면 여지없이 그 남자가 먼발치에서 나를 보고 쪼개더라고.

진짜 기분 확 잡쳐. 수업에 집중도 안 되고.

네가 봐야 알아. 그 기분 나쁜 웃음. 으으으.

세 번째는 항상 내 옆자리에 앉는 선호. 나랑 같은 고등학교 동창이야.

동창이라 친하지 않냐고? 아니. 우웩. 전혀.

애도 정상이 아냐. 이상하리만치 내가 공부하는 걸 의식하면서도 매번 내 옆자리에 앉아서 나랑 이상한 경쟁을 하는 애야.

모의고사를 보고 나서 성적표를 보고 있는데 선호가 목을 길게 빼고 내 성적표를 훔쳐보는 것 있지. 그러더니 자기 책상을 주먹으로 쾅 치고 나가 버리는 거야.

참 나. 어이가 없어서.

나를 자기 라이벌로 여기고 있는 건가. 어차피 공무원 시험은 합격 커트라인 점수만 넘으면 되는데 말이지.

고등학교 땐 이렇게 또라이인 줄 몰랐다니까.

이렇게 말하고 보니 내 주변엔 정상인 남자들이 없네.

하아…… 갑자기 무지 슬퍼진다.

그나저나 범인이 누구인지 알겠어? 넌 세 명 중에 누가 범인인 거 같아?

독서실 탐정님. 범인 좀 맞춰 주세요. 네?

● 일주일 뒤

야야. 대박 사건. 진짜. 완전 대박 사건!

또 추리 소설……. 지금 『살의의 형태』나 보고 있을 때가 아니야.

왜 이렇게 호들갑이냐고? 아냐. 호들갑이 아냐. 너한테 빨리 얘기하고 싶어서 학원 수업을 무슨 정신으로 들었나 몰라.

정말 내 말 들으면 너도 깜짝 놀랄걸.

그만 뜸 들이고 얼른 이야기하라고? 호호호. 알았어. 지금부터 내가 하는 말 딱 집중하고 들어. 일주일 전에 내가 겪은 사건 기억하지.

뭐? 기억 안 나? 뭐야. 정말? 진심?

헐. 서운해지려 하네.

아이 씨. 장난치지 말고. 기억하잖아. 녹음기 협박 사건 말야.

그래. 그래. 강의 비는 시간에 웬 남자가 내 녹음기에 죽여 버린다고 협박했던.

근데…… 그 협박범이 잡혔어.

누군지 알아?

안타깝지만 네가 범인으로 찍은 선호는 범인이 아니었어. 아니, 내가 의심했던 세 명 모두 범인이 아니었다고.

아우. 심장 뛰어. 잠시 진정 좀 하고.

후으으읍. 하아아아아. 후으으읍. 하아아아아.

자. 놀라지 말고 들어.

범인은 남자가 아니었어.

응. 여자야.

그것도 나랑 아주 친한 언니…… 아니, 아니…… 나 혼자 그렇게 생각했었나 봐…….

어…… 지금 우냐고? 어라. 왜 눈물이 나오지.

…….

이제 진정했어. 기다려 줘서 고마워.

솔직히 충격이었나 봐. 언니는 평소에 틈틈이 간식도 챙겨 주고 생리통 때문에 아파하는 걸 보면 진통제도 챙겨주고. 나한테는 친언니 보다 더 잘 대해 줬거든.

오늘도 점심시간이 됐는데도 밥도 안 먹고 공부에 집중하더라고. 난 깜짝 놀라게 해 주려고 등 뒤에서 몰래 다가갔어. 그런데 좀 이상하더라. 가까이 다가갈수록 마른 종이에 뭔가를 죽죽 긁는 소리가 들리는 거야. 공부할 때 나는 소리가 아니었던 거야.

언니 어깨너머로 노트가 보이고서야 난 발걸음을 딱 멈췄어.

노트에 온통 붉은 볼펜으로 '정은비 재수 없는 년'이라고 쓰여 있는 거 있지.

믿었던 만큼 실망도 컸나 봐.

난 바로 언니한테 따져 물었어. 교실에는 아직 사람들이 많이 남아 있었는데도 불구하고 말야.

언니는 잠시 당황하더니 이내 태도를 바꾸고 아주 차갑게 내뱉었어.

모의시험 때 나는 계속 점수를 잘 받고 강의를 녹음하면서 공부하는 게 너무 얄미웠다고. 자기는 아무리 열심히 해도 점수가 안 나와서 내게 너무 질투가 났다는 거야. 결정적으로 저번에 강의를 정리한 노트를 보여 달라고 했는데 내가 안 보여 줘서 그런 복수를 했다더라.

아냐. 진짜 아냐. 난 언니한테 노트 빌려주고 싶었어. 하지만 나 진짜 악필이거든. 어차피 언니는 내용을 알아볼 수도 없었을 거야. 차마 글씨를 못 써서 빌려줄 수 없다고는 말하지 못했어.

뭐. 그렇게 보면 내 탓도 있겠구나.

목소리가 남자 목소리였지 않냐고? 나도 이해가 안 가서 추궁했지.

그랬더니 목소리를 깔고 그 짓을 한 거래.

아무래도 여학생은 남학생보다 훨씬 적으니 의심의 화살을 피하고 싶었겠지.

하아. 암튼 나 우울해.

나 이 학원 계속 다녀도 될까.

● 2주 뒤

잠깐 나와 봐. 할 말 있어.

큰일 난 거 같은 표정이라고? 부정은 못 하겠네. 사소한 일은 아니니까.

저번에 얘기했던 녹음 사건 있잖아.

응. 범인이 밝혀졌다고 다 끝난 게 아니더라고.

춥냐고? 그건 아닌데……. 몸이 왜 이렇게 떨리지.

범인이 언니로 밝혀진 다음 날부터 언니는 학원을 안 나왔어. 내 딴엔 사람들 보기 창피해서 잠시 학원을 쉬는 줄로만 알았어. 근데 하루, 이틀을 지나 일주일이 지나도 나오지 않더라고.

아예 학원을 그만뒀구나. 생각했어.

그런데…….

그게 아니었던 거야.

나 어제 무진 경찰서 다녀왔어. 살인 사건 조사 때문에.

그 언니…… 죽었대.

갑자기 무슨 소리인지 모르겠지. 솔직히 나도 잘 모르겠어. 이게 현실이 아니라 꼭 악몽을 꾸고 있는 것 같아.

누가 죽였냐고? 범인은 잡혔어. 그것 때문에 경찰서에

소환됐던 거니까.

내가 의심스럽다고 했던 남자 기억나지?

세 명 중에 누구냐고?

그 있잖아. 앞머리가 길고 음침한…… 나만 보면 실실 웃던 남자.

그 남자가 죽였대. 아주 잔혹하게.

왜냐고?

그 남자가 날 너무 좋아해서.

그래서 날 괴롭힌 언니를 용서할 수 없었대. 흑.

넌 그게 말이 된다고 생각하니? 흐흑.

언니는 나 때문에 죽은 거야.

손수건 고마워.

덕분에 많이 진정됐어.

마지막으로 한마디만 더 할게.

…….

하아.

너 말야.

왜 그랬어.

나한테.

무슨 소리냐고? 왜 그래. 네가 더 잘 알잖아.

난 네가 내 진짜 친구라 생각했는데. 넌 아니었나 봐.

알아듣게 설명하라고? 미쳤냐고?

하하…… 넌 끝까지 부정하는구나.

내 이어폰. 잃어버리고 새로 산 이어폰 말야.

또 잃어버렸어. 3일 전에. 이어폰이 담긴 파우치까지 통째로.

뭔가 이상하지 않아?

언니가 그 남자에게 살해된 뒤에 분실된 게.

내가 덜렁대다가 어디 빠트린 거 아니냐고?

뭐. 그랬을 수도 있지. 맞아. 처음엔 그렇게 생각했었어.

근데.

근데 왜.

왜 잃어버린 이어폰이 네 차에 있는 거지?

무슨 소리냐고? 내가 미쳤냐고? 하하하.

너 스마트 로케이터라고 들어 봤어?

표정이 바뀌는 걸 보니 아는 눈치네.

맞아. 조그만 태그를 부착하면 25미터 범위 내에서 태그를 부착한 물건을 휴대폰으로 추적할 수 있는 거.

나 그 태그를 이어폰 파우치 안에 붙여 놓았어. 또 잃어버리면 찾으려고.

처음엔 학원에서 잃어버린 줄 알고 위치를 추적했는데

안 나오더라. 그러다 어젠 경찰서 다녀오느라 정신이 없었고.

오늘 갑자기 생각나서 독서실에서 위치 추적 앱을 켰는데. 이어폰이 독서실 건물 밖에 있다는 거야. 그래서 표시된 곳으로 찾아갔거든.

자. 이거 봐. 보여? 여기 표시된 곳.

건물 뒤편 주차장에 주차된 7788 빨간색 경차.

이거 네 차잖아.

이래도 발뺌할 거야?!

도대체……

도대체. 다들 나한테 왜 이러는 건데!

자. 이제 말해 봐.

넌 나한테 뭐가 불만이니?

자음 레터

얼굴이 역삼각형 모양이라 삼각자라 불리는 선생님은 저 혼자 칠판에 수학 공식을 한가득 채우더니 수업 종이 울리자마자 앞문을 열고 나가 버렸다.

그제야 수마와 싸우던 아이들의 입에서 짧은 탄식이 새어 나온다. 5교시의 수학 시간은 그야말로 수면 지옥이다.

나 역시 기지개를 쭈욱 켜고 시끌벅적한 소음을 무선 이어폰으로 차단시킨다.

응? 휴대폰으로 음악을 플레이하려던 찰나. 오른쪽 어깨를 두드리는 느낌에 고개를 돌렸다. 그곳에 인혜가 입을 일자로 꾹 다물고 서 있었다.

나는 오른쪽 귀에 꽂은 이어폰을 빼고 물었다.

"왜 그래? 할 말 있어?"

인혜는 고개를 주억거리며 슬며시 내 하복 소매 끝을 잡아끌었다. 나는 영문도 모른 채 왁자지껄한 교실을 가로지르는 인혜를 따라나섰다.

무슨 일일까.

인혜는 같은 반이지만 친하게 지내는 사이는 아니다. 하긴 내가 친하게 지내는 아이가 있긴 한가 싶지만. 항상 알베르 카뮈의 이방인을 끼고 사는 새침한 문학소녀가 날 찾는 이유가 궁금해졌다.

학교 건물을 나서자 따가운 8월의 햇살이 얼굴에 들이친다. 눅눅한 습기 때문일까. 금세 하복 셔츠가 땀에 젖어 등에 달라붙었다.

"아직 멀었어?"

인혜는 잠시 돌아서서 고개를 끄덕인 뒤 발걸음을 옮겼다.

인혜의 뒤통수만 보며 당장이라도 뛰어들고 싶은 수영장 옆 통로를 지나 학교 뒤편으로 듬성듬성 구멍 난 녹슨 철조망이 쳐진 우리 앞에 가서야 멈춰 섰다.

두 볼이 발그레 상기된 인혜는 안절부절못했다. 그제야 불안감이 스멀스멀 피어올랐다. CCTV 하나 없는 후미진 건물로 데려온 이유가 뭔가. 설마 갑자기 고백이라도 하려는 걸까.

"저……."

내가 입을 떼려는 찰나. 인혜가 갑작스레 주머니 속에서 꼬깃하게 접힌 쪽지 하나를 내밀었다.

아뿔싸……. 이건 러브레터? 얘가 이런 취향이었나.

등 뒤로 식은땀이 주르륵 흘러내렸다. 머릿속으로 완곡한 거절의 말을 생각하며 접은 쪽지를 펴 들었다.

"엥? 뭐, 뭐야?"

쪽지에는 암호 같은 글자 한 줄이 채워져 있었다.

ㅇㄷ ㄴㄱ ㅅㄱㄴ ㅅㅇㅎ ㅂㄱ ㅅㄷ ㅈㅇ

"그게 『이방인』에 꽂혀 있었어."

난 고개를 들어 인혜를 바라봤다. 인혜는 나와 눈을 마주치며 입을 열었다.

"며칠 전 학교 도서관에서 빌린 『이방인』. 그 책 한가운데 이 쪽지가 끼워져 있었어."

"아아아……."

속으로 안도의 한숨을 내쉬었다.

"그러니까 이 암호를 풀어 달라는 말이지?"

인혜가 고개를 끄덕였다.

"맞아. 너 항상 추리 소설 읽잖아. 습작도 한다며? 너라면 풀 수 있지 않을까 싶어서……."

"기집애. 그럼 그렇지 왜 이렇게 으슥한 곳으로 끌고 와?"

인혜의 두 볼이 발그레 상기됐다.

"혹시라도 교실에 이상한 소문이 퍼지는 건 싫거든. 아무런 의미 없는 쪽지일 수도 있고."

하긴. 장난기 넘치는 남학생들에게 괜스레 빌미를 줄 필요는 없으리라. 그래도 학교 건물 뒤편까지 데리고 오는 건 그만큼 인혜의 성격이 신중하다는 반증이려나.

내 멋대로 납득한 뒤, 다시 쪽지로 시선을 돌렸다.

"잘은 몰라도 중간에 ㅅㅇㅎ은 네 이름 송인혜 아냐?"

인혜의 두 눈이 반짝였다.

"너도 그렇지? 아무래도 이 쪽지 나한테 보내는 암호 레터 같아."

흐음. 잠시 생각에 잠긴 나는 휴대폰을 꺼내 들었다.

"챗GPT에 물어보면 뭐가 나오지 않을까."

"어머 그 생각은 못 해 봤는데. 얼른 물어봐."

나는 프롬프트 입력창에 이렇게 써 넣었다.

(ㅇㄴㄷ ㄴㄱ ㅅㄱㄴ ㅅㅇㅎ ㅂㄱ ㅅㄷ ㅈㅇ)
다음 ( ) 안의 한글 자음을 모두 포함하는 하나의 문장으로 바꿔 줘

그리고 엔터를 치자 GPT가 빠르게 답을 쏟아 놓았다.

(ㅇ) 어느 날, (ㄴ) 나랑 같이 (ㄷ) 달려 보자고 했었지. (ㄱ) 그런데 갑자기 (ㅅ) 설마 그걸로 (ㅇ) 어떻게 되나 싶어서 (ㅎ) 혼자 당황해 버렸어. (ㅂ) 밥 먹다가 실수를 했어. (ㅈ) 지금 이렇게 되니까 왠지 너무 재미있어.

"헐. 이게 뭔 말이냐. 역시 안 되나……."

인혜 역시 실망스레 고개를 가로저었다. 뭐 애초부터 큰 기대를 걸진 않아 실망도 크지 않았다. 그렇다면 각개 격파다.

"일단 앞의 'ㅇㄴㄷ'는 '오늘도' 같아. 다음 'ㄴㄱ'는 문맥상 '네가' 혹은 '너가'라고 보여."

"오오 추리 작가의 추리가 시작되는 거야?"

인혜가 두 손을 모아 쥐고 발을 동동 굴렀다.

"호들갑 떨지 말고."

흠……. 잠시 생각에 잠긴 나는 다시 입을 열었다.

"'ㅅㄱㄴ'는 '생각나' 아닐까. 다음은 네 이름 송인혜라 치면."

나는 지금까지 해석한 문장을 다시 소리내 읽었다.

"오늘도 네가 생각나. 송인혜."

"꺄아악! 이거 진짜 러브 레터인가. 어쩜 좋아."

나는 몸을 베베 꼬는 인혜를 향해 손바닥을 펴 보였다.

"좀 기다려 봐. 아직 상대가 누군지도 모르잖아."

나는 가볍게 턱을 짚으며 자음 해독을 이었다.

"이제 남은 건 'ㅂㄱ ㅅㄷ ㅈㅇ'인데, 이 정돈 인혜 너도 눈치챘겠지? 아마 '보고 싶다 좋아'로 해석할 수 있을 것 같은데 말야."

"하아…… 누굴까? 『이방인』에 이런 암호를 남기는 남자. 너무 낭만적이지 않니?"

무슨 상상을 하는지 몰라도 인혜의 눈은 이미 풀려 있었다.

"야야. 좋은 기분 망치는 건 미안한데. 제정신이 박힌 사람이라면 최소한 자신이 누구인지는 밝히는 게 맞는 거 아닐까. 그리고 자음 암호는 충분히 다른 의미로 해석할 수도 있다고."

"에이. 설마. 아마 굉장히 수줍은 성격이라 드러내 놓고 고백하지 못한 거겠지. 무려 『이방인』을 읽는 남자라고."

인혜의 고개가 45도로 꺾였다.

"쉬는 시간마다 운동장으로 뛰쳐나가 공 하나를 두고 싸우는 머리에 축구만 들어찬 야만인들과는 다른 종족일 거라고."

하아……. 이미 나의 진심 어린 충고 따윈 먹히지 않는 듯했다.

"그래도 돌다리도 두들겨 보라잖아. 네이버 지식인에 올려 볼게."

"저기…… 근데 말야."

나는 휴대폰으로 지식인에 글을 올리며 답했다.

"응 말해."

"암호 레터를 보낸 사람. 혹시 누군지 알 수 있을까?"

섬찟한 기운에 고개를 드니 고양이 눈망울을 한 인혜가 나를 뚫어져라 쳐다보고 있었다. 곧바로 등 뒤로 식은땀이 흘러내렸다.

잘못 걸렸다…….

#

하교 후. 인혜와 나는 학교 도서관을 찾았다.

도서관에 한 권뿐인 『이방인』은 언제나 인혜 차지였다. 하지만 마지막으로 대여하기 직전 누군가가 책을 빌려가 반납할 때까지 기다릴 수밖에 없었다고 했다. 아마도 책을 빌린 사람이 쪽지의 주인공이 아닐까.

도서관에 들어서자 두꺼운 뿔테 안경을 낀 사서 선생님이 우리를 맞이했다.

"반납? 여기 탁자 위에 두고 가렴."

인혜가 들고 있던 『이방인』을 탁자 위에 올렸다. 사서 선생님이 책을 회수하는 틈을 타 내가 넌지시 물었다.

"선생님. 인혜가 이 책을 빌리기 전에 누가 빌렸었는지 알 수 있을까요?"

사서 선생님의 온화했던 표정이 잠시 굳었다.

"그건 왜? 요즘 학생들도 개인 정보가 중요하잖니. 아무 이유 없이 알려 주긴 힘든데."

나는 급히 손사레를 쳤다.

"아뇨. 별다른 이유는 없고요."

슬쩍 사서 선생님의 눈치를 살폈다.

"인혜가 책 속에서 10만 원짜리 수표를 찾았지 뭐예요. 그치?"

나의 물음에 인혜가 급히 고개를 끄덕였다.

"네. 네. 맞아요. 아무래도 주인에게 돌려줘야 하는 거잖아요."

"흠……."

사서 선생님은 팔짱을 끼더니 잠시 한숨을 쉬었다.

"그럼 수표를 내게 다오. 내가 그 학생에게 돈을 잃어버린 일이 있는지 물어보마."

뭐 이런 대답은 충분히 예상했다.

"굳이 선생님이 손쓸 필요가 있을까요? 저희가 이 책을 빌린 학생 신상을 털 것도 아니고요. 그냥 저희에게 알려 주시면 저희가 알아서 돌려줄게요. 절대로 이 돈이 욕심나서 그런 게 아니에요. 만약 그랬다면 아예 돈을 발견한 사실조차 말씀 드리지 않았을 거예요."

"정말이에요. 선생님."

인혜가 눈치껏 추임새를 넣었다.

"흐으으음."

굳게 잠겨 있던 선생님의 팔짱이 스르륵 풀렸다.

"좋아. 너희들을 믿어 보마. 잠시만 기다려 주겠니?"

그 순간 인혜와 나는 선생님 모르게 주먹을 불끈 쥐어 보였다.

#

은기. 아마도 암호 레터를 넣은 유력한 용의자의 이름이다.

우리와 같은 2학년. 반은 다르지만 인혜와 종종 도서관에서 마주친 적이 있다고 했다.

은기는 조용한 성격에 차분한 이미지로 인혜는 녀석이 그리 싫지 않은 모양이었다.

우리가 이방인을 반납한 다음 날.

인혜는 루틴처럼 다시 『이방인』을 대여했다. 그리고 책 속에 든 또 다른 쪽지를 펄럭이며 내게 달려왔다.

ㄴㄱ ㄴㄱㅈ ㄱㄱㅎ

이 정도는 굳이 챗GPT나 지식인의 도움을 빌리지 않아도 충분했다.

"내가 누군지 궁금해? 이거 맞지?"

인혜의 입꼬리가 귀밑까지 올라가 있었다. 아무리 봐도 정상적인 고백은 아닌 듯 보이지만 당사자가 저리 좋다는데 뭘 어쩌겠는가. 나는 그저 말없이 고개를 끄덕여 보였다.

이어서 인혜도 책 속에 자음 쪽지를 끼우고 책을 반납했다. 자음 쪽지랄 것도 없었다.

질문에 대한 동의의 의미로 'ㅇㅇ'이란 이응 두 개를 써넣은 게 다였으니까.

이제 굳이 둘 사이의 암호 교환을 내게 보고하지 않아도 되는데도 인혜는 굳이나 내게 모든 진행 상황을 보고했다. 나야 쓴웃음을 지으며 둘의 유치한 연애 짓거리를 지켜보는 수밖에…….

며칠 뒤 금요일. 마침내 그 날이 오고야 말았다.

무릎을 잡고 숨을 고르는 인혜가 내게 쪽지를 내밀었다.

PM 11. ㅅㅇㅈ

"어쩜 좋아. 이거 11시에 수영장에서 보자는 거 맞지?"

인혜는 발을 동동구르며 말을 이었다.

"고백하려나 봐. 벌써부터 가슴이 너무 뛰어. 꺅!"

아닌 게 아니라 저러다 혈압이 올라 쓰러지는 게 아닌
가 싶을 정도로 얼굴이 발갛게 상기돼 있었다.

"야. 좀……. 진정 좀 해. 무슨 고백을 오밤중에 하니. 아
니, 그보다 너 이 시간에 집에서 나올 수 있어?"

인혜는 문제 될 게 없다는 듯 단호히 말했다.

"나올 거야. 무조건……."

그래. 마음대로 해라. 이제 난 모르겠다.

#

주말이 지나고 월요일.

어째서인지 수업이 시작되도록 인혜의 자리는 텅 비어
있었다.

병이라도 났나 싶어 걱정하던 차에 갑자기 담임 선생님이 교실에 들어와 과학 수업이 중단됐다. 과학 선생님과 이야기를 나누던 담임이 교탁을 잡았다.

"금요일 하교 후에 인혜를 본 사람 있니?"

아이들이 웅성댔지만 손을 들고 나서는 이는 없었다. 교실이 잠잠해질 때까지 기다린 담임이 다시 입을 열었다.

"인혜가 금요일 저녁부터 집에 들어오지 않았다는구나."

순간 교실은 다시금 아이들의 말소리로 웅성거렸다. 담임은 웅성거림과 상관없이 목소리를 높였다.

"은혜가 어디를 갔는지 아는 사람이 있으면 내게 말해다오. 사소한 것이라도 상관없다."

담임은 문앞에서 기다리고 있던 과학 선생님께 목례를 한 뒤, 교실을 나갔다.

이후 수업을 어떻게 들었는지 기억나지 않는다.

선생님 몰래 은혜에게 수차례 톡을 보냈지만 메시지 옆의 숫자는 없어지지 않았다.

잘못됐다. 뭔가 크게 잘못됐어.

낭패감이 밀려들었다.

수업 종이 울리자마자 나는 교실을 뛰쳐나와 3반으로 달려갔다.

문 밖으로 쏟아져 나오는 아이들을 밀치고 뒷 자리에

않은 은기의 멱살을 거머쥐었다.

"너…… 너. 금요일 밤에 은혜 안 만났어?!"

내게 멱살을 잡힌 은기는 영문을 알 수 없다는 표정으로 두 눈만 깜빡였다. 그 얼빵한 표정에 더욱 화가 난 나는 크게 소리 질렀다.

"은혜 안 만났냐고! 어서 대답해!"

그제야 정신이 들었는지 은기는 멱살을 잡은 내 손을 잡아챈 뒤 오히려 내게 역정을 냈다.

"은, 은혜가 누군데? 그리고 너는 또 누구야."

은기를 둘러싼 낯선 아이들의 시선이 내게 쏟아졌다. 겨드랑이로 식은땀이 솟구쳤다. 교실이 더워서이기 때문은 분명 아니었다.

2교시 수업 시작종을 들으며 학교를 나섰다. 발걸음을 서둘러 물이 가득한 수영장으로 갔다.

금요일 밤. 분명 은혜는 홀로 이곳에 왔을 것이다.

뭔가. 뭔가가 남아 있길 기도하며 수영장 주변을 뒤지기 시작했다. 오전부터 타는 듯한 무더위에 교복이 땀으로 젖어 들었다. 이마에 맺힌 땀이 마른 수영장 바닥을 점점이 적셨다.

문득 고개를 들자 수영장 출입구 위로 CCTV가 눈에 들어왔다.

순간 위화감이 온몸을 쓸고 지나갔다.

은기가 아니다. 인혜에게 쪽지를 보낸 건 전혀 다른 사람이다. 그자가 금요일 밤 학교 수영장으로 인혜를 불러냈다.

아, 아냐.

나는 고개를 크게 저었다.

바보가 아니고서야 CCTV가 사방을 비추는 수영장으로 부르지는 않았을 것이다. 암호 쪽지로 정체를 철저히 감춘 녀석이 이렇게 CCTV 앞에 자신을 노출시키고 싶지는 않았을 테니까 말이다.

그때 교복 치마 안에서 부르르 진동이 느껴졌다.

인혜인가 싶어 서둘러 휴대폰을 꺼내 들었다.

"아……."

지식인에 올렸던 질문의 새 답글이 달렸다는 알림이었다. 나는 조건 반사적으로 알림을 터치했다.

그리고 새롭게 떠오른 화면에 나는 숨 쉬는 것을 잊고 말았다.

질문 : 'ㅇㄴㄷ ㄴㄱㅅㄱㄴ ㅅㅇㅎ ㅂㄱㅅㄷ ㅈㅇ' 자음으로 시작되는 문장을 만들어 주세요. 제 생각에 'ㅅㅇㅎ'은 당사자의 이름으로 생각하고 있어요.

– 태양신 답변: ㅅㅇㅎ이 글쓴이의 이름 자음이라 한다면 아마도 '오늘도 니가 생각나 ㅅㅇㅎ(당사자 이름) 보고 싶다 좋아'로 해석할 수 있지 않을까요? 도움이 되셨다면 꼭 채택해 주세요.

– (NEW) 파괴신 답변: 잠깐. 정말로 ㅅㅇㅎ이 글쓴이의 이름은 맞는 거야? 그게 아니라면? 처음부터 다시 생각해 보자고.
'오늘도 네가 생각나' 여기까진 나도 동의해. 그런데 문제는 그 다음이야.
'살인해 보고 싶다 죽어'라면…….
'오늘도 네가 생각나 살인해 보고 싶다 죽어'면 전혀 다른 내용이 되는 거잖아. 안 그래?

귓속에서 사이렌 소리가 들려왔다.

휴대폰을 쥔 손이 심하게 떨렸다.

정말…… 정말로 그 쪽지가 살인 예고? 그럼 여태껏 사이코패스의 장난에 놀아났다는 건가?

다리에 힘이 풀려 몸이 휘청거렸다. 차라리 이대로 쓰러져 수영장 물속에 빠져 버리는 게 좋을지도 모른다는 생각이 들었다.

바로 그때.

머릿속을 스치고 지나는 것이 있었다.

나는 가까스로 다리에 힘을 주고 몸을 돌렸다.

CCTV로 둘러싸인 학교에서 유일하게 CCTV가 비추지 않는 곳.

나는 숨을 몰아쉬며 학교 뒤편을 향해 달렸다.

구멍 난 녹슨 동물 우리가 나를 맞이했다.

'ㅅㅇㅈ'은 수영장이 아니었다. 바로 이제는 운영하지 않는 사육장이었다. 수영장에서 사이코패스를 기다리던 인혜는 스스로 그 사실을 깨닫고 사육장으로 향했던 것이다.

예상대로 우리 앞 시멘트 바닥에는 인혜가 즐겨 쓰던 꽃 머리핀이 떨어져 있었다.

나는 허리를 숙여 머리핀을 주워 주머니에 넣었다.

어느새 뜨거웠던 머리가 차갑게 식었다.

이제 문제는 하나였다.

이방인에 쪽지를 넣을 수 있는 유일한 용의자 사서 선생님을 범인으로 지목할 것인지, 아니면 용의주도한 사서 선생님의 다음 타깃이 되지 않도록 모든 것을 묻어 둔 채 조용히 지낼 것인지를 선택해야 했다.

#기묘한 살인사건

© 엄성용, 송한별, 홍정기

초판 1쇄   2024년 05월 04일

지은이	엄성용, 송한별, 홍정기
펴낸이	김영재
마케팅	염시종, 고경표
본문 디자인	에픽로그
표지 디자인	염시종
펴낸곳	다담북스
제작처	책과6펜스
출판등록	2021년 5월 21일 제2021-000019호
이메일	highest@highestbooks.com

ISBN   979-11-93282-08-3